ボクは妹たちに身の周りの世話をしてもらっている
チュン
チュン
ん…
のびっ…
なぜなら妹たちは…
おはようございます
ボクだけのメイドなんだ!
ご主人様♥
コミック◎すめらぎ琥珀

コラーッ!!!
何してるのっ!
何って…
朝のご奉仕?
なっ…
ふふ♥
ホントは碧も仲間に入りたいんでしょ?
ぷりんっ
きゃっ…

さぁ お兄様・・・
どうぞ今日も お使いください♥
ちょっ・・・
ぢゅっ♥
ぢゅぽっ♥
ちゅぽっ♥
ぢゅぽっ
ぢゅぽっ♥
ぢゅっ♥
ちゅぽっ♥
やっ♥
ぢゅぽっ♥
ぢゅぽっ♥
ひぁあンッ♥
気持ちイイのね 碧・・・カワイイ♥
ちゅぷっ♥
ちゅ♥
や・・・っ♥
ご主人様ぁ♥
はぁ・・・っ♥
ちゅっ♥
もみゅ もみゅ♥

さぁ
お兄様…
どうぞ今日も
お使いください♥

メイドで、義妹で、三姉妹!?

上原りょう

illustration◎すめらぎ琥珀

美少女文庫
FRANCE SHOIN

プロローグ　メイドアカデミーからの卒業

リーンッ、ゴーンッ、リーンッ、ゴーンッ。

すっかり耳になじんだ鐘《かね》の音が、抜けるような青空のなかに溶けていく。

空の色は日本よりも少しくすんでいるかもしれない。それでも雲のたなびきや、陽射しはやっぱり変わらない。

たとえ離ればなれでも、同じ空の下にずっといたんだと、そう考えてみる。

すると、離ればなれの二年間なんてなんでもないように、思えた。

鐘の音を聞くのも今日が最後だと思うと、なんだかさみしい。

でもこれがさみしいと感じられるのは、無事、メイド養成学校として名高い、アカデミーを卒業した証拠なのだと自分に言い聞かせる。

そして私は今、『願いの樹』のところにいる。

アカデミーのなかでもひときわ小高い場所にあるこの丘からは、まるで緑の海を思わせるような田園風景が一望できる。風が吹くと、海面が揺らぐように、鮮やかな緑色が波を打って流れていく。西から東へ一分のずれもなく。

私はそんな見慣れた風景を背にして、そばに隆々《りゅうりゅう》と枝を伸ばして葉を繁らせている、大木の幹へ手を添えた。

卒業したその日、紙に願い事を書いて、この樹の下に埋めるとそれが叶う。

このアカデミーに伝わる言い伝えだ。

(これってメイドとしてのお願い、じゃなくてもいいの、かな……？　いいのよね、そういう制約があるって聞いたことないし)

でもこれはやっぱりどうなのかな、とちらっと自分の『願い』を見直す。

自分で書いたとはいえ、見直すと実際、顔から火が出そうなぐらい恥ずかしい。

(うーん……やっぱり、書き直そう……かな……)

「碧《あおい》ぃー！」

私を呼ぶ声。私は手に持っていた短冊をどうしようかと思ったが、今から穴を掘って埋める時間もなくて、とりあえずポケットにねじこんだ。

ぐしゃ、というあまり歓迎できない音がした。曲がった短冊も有効よね、と内心不安に思いながら振りかえる。

そこには私の姉と妹がいた。姉は瑠璃《るり》、妹は紺乃美《このみ》という名前。私は次女だ。

二人は私のところまで来ると、軽く息をはずませながら肩で呼吸をした。

「もう、碧、こんなところでなにしてるの？」

「うん……なんだか感傷にひたっちゃってた」

もう卒業だものね、ぽつりと瑠璃姉さんがこぼす。

「長いような、短いような生活だったね……」

私は目の前の美しい風景に感傷的につぶやいた。

「そうだね。……でも私としては微妙、かな？　だって妹たちと一緒に卒業なんて、まるで私、留年したみたいよう」

姉の言葉に、私たちは顔を見合わせた。それからふふと笑う。

「仕方ないよ、姉さんは最難関のハウスキーパー課程なんだから。普通は五年なのに……それを三年で修了なんてスゴイよ」

「うん、お姉ちゃん、すごい、すごぉいよ！」

紺乃美が、ぴょんぴょんとウサギのように飛び跳ねた。

それでも一番すごいのは紺乃美だ。たしかに私たちとは課程が違ったが、近来稀《まれ》に見る優秀さと言われてたった一年で卒業なのだから。

「まあ……ね……うん。いつまでも離ればなれはいや、だから……」

普段はあまり得意にならない姉さんが心なしか、得意げだ。きっと姉さんも日本にいる『ご主人様』に一刻も早く会いたいんだ。やっぱり人の原動力は想いの力なんだなとあらためて感じた。

想い……。そう。それで私もがんばれたのだ。この二年は苦しかったけど、がんばれた。すべては想いのおかげだ。

「あ、ところで……二人ともどうしたの？　急いでたみたいだけど……」

「ああ、そうよ、そうっ。もう卒業式はじまっちゃうの。もうさっきの鐘《かね》の音、聞こえなかったの？　私たち、小間使い《レディース》クラスの人たちから捜すよう言われたのよ」

「あ、ごめん」

うわ、卒業式のことすっかり忘れてた。もう意識は日本に帰った気でいちゃったよ。

「ほら、早くしなさい。終わりよければすべてよし、終わり悪ければせっかく今までがんばってきてもダメなんだからね」

姉の小言にうなずきながら、私は緑繁る大樹のさらに向こう、日の光でぱあっと明るくなった大空を見あげる。

私たちはこれからアカデミーを卒業します。

そしてあなたの元へ帰ります。あなたにお仕えするために――。

三姉妹 私たち、妹なのにメイドなんです

「ただいま」

玄関ホールに声が響く。

月見佑一《つきみゆういち》が鞄《かばん》を肩に引っかけながら、そこでしばらく待っていると。
ト、ト、ト、ト、と軽快な足音が聞こえてきた。
佑一の表情が心なしかゆるんだ。

「おかえりなさぁい、お兄ちゃあんっ！」

ひよこを思わせるようなまだまだ幼い体格の少女が、ピンクのスカートに白いエプロンのメイド制服をまとってやってくる。

女の子は手足を揺らしながら、玄関ホールの中央階段からおりてきた。彼女が急ぐたび、背中で結んだ『しっぽ』の長いリボンがぽんぽんと跳ねていた。

その足もとは少し危なげで手を伸ばして支えたくなってしまう。と、少女が階段の下から三段目あたりで急に立ちどまり、弾けんばかりの笑顔を見せる。

「お兄ぃちゃあん、おっっっかえりぃぃなっさぁぁぁいぃぃ……!!」

「ただいま、紺乃美って……こ、このみ!?」

メイド、紺乃美はぷにぷにの手足をいっぱいにひろげ、熱烈なフライングボディプレスと見まがうばかりのダイブを決めてきた。

「……う、うわあっ!?」

紺乃美によるフライングボディプレスを受けとめながら、その場に踏みとどまる。

ぷにっとやわらかな感触が両腕いっぱいにひろがり、バニラアイスを溶かしたような甘い香りが鼻腔をくすぐった。それはきっと少女自身の使っているボディソープの香りであったかもしれないし、まだまだ幼い少女の身体に染みついたミルク臭であったかもしれない。

「お兄ちゃぁん、ありがとぉうっ」

少女はまだ幼さの残る顔に豊かな表情を表わし、「えへへ」と照れ笑いを浮かべながら少年をあおぎ見てくる。

細いリボンによって結《ゆ》わえられ、ツインテールにされた髪の上のメイドカチューシャがぽよぽよと揺れていた。

（うわ、かわいい……）

少女が何気なく見せる、洗いたてのシーツのような純真無垢《じゅんしんむく》なあどけない表情。心臓がどきんと高鳴って、その拍子に少女を支えていた力まで抜けてしまう。

「の……ぅわあっ！」

佑一は少女を落とさないようにがっしりと抱きしめながら、背中から床に倒れた。鈍い痛みがじんじんと背筋にひろがる。

「はわっ！　だ、大丈夫？　お兄ちゃぁん……」

「う、うん……だ、大丈夫っ」

少年は痛む背中をさすりながら起きあがる。そばには自分のせいなのだと悲しそうな顔をする少女の姿。

「お兄ちゃぁん……ごめんなさい。こにょみ……お兄ちゃんが帰ってきたの、うれしくてぇ」

舌っ足らずな発音で、自分のことを「こにょみ」と言う子を悲しませたくなかった。佑一は少女のさらさらな髪にそっと手を置いた。叱られる、とでも思ったのだろうか。頭を撫でられた少女は緊張に引き締まっていた顔をぽかんとさせた。

「全然、平気。ホントだよ。問題なしっ」

両腕を軽く曲げて、力こぶを作るようなポーズをしてみせる。打ったのは背中だから、そのポーズはあんまり意味がないのだが。

「ほ、ほんとう？　お兄ちゃん……こにょみのこと、怒ってない……？」

紺乃美は舌っ足らずな言葉と一緒に、愛くるしく、くりくりとよく動くビー玉のような瞳で覗きこんでくる。

その愛らしさを前に、少年は無性に抱きしめてあげたいという父性本能をくすぐられ、腕を動かそうとしたその時。

「こうら、紺乃美っ。お兄ちゃん、じゃなくて、ご主人様、でしょっ？」

中央階段から響く、澄んだソプラノの声音。それでいておっとりした余韻を残す声質はそっと心を愛撫するように軽やかだ。

「あ、瑠璃。ただいまっ」

「おかえりなさいませ、ご主人様」

階段をおりてくるのは、ゆったりとひろがるロングのスカートに白と黒のシンプルなデザインのメイド制服にくるまれた少女、メイド長（イギリスというか、外国のほうではハウスキーパーというらしい）の瑠璃。

腰ぐらいまで伸ばした黒髪ロングをきらきらさせながら、メイドカチューシャは微動だにしない。縁なしの眼鏡が少女の落ち着いた印象を深めていた。

「……さ、紺乃美、言い直しなさい」

「はは、別にそこまできっちりしなくていいよ。だって俺たちは――」

「そういうわけにはいきません。それでは『メイド鉄之五箇条』に反します。〝第一条、たとえ相手が知人親戚と雖《いえど》もご主人様である限りは決して公私混同する勿《なか》れ〟」

少年の言葉をさえぎり、瑠璃は首を横に振る。

「ご主人様がお優しいのはわかっています。でも、これは私たちなりのケジメですから。……さ、紺乃美」

瑠璃はさっきより少しやわらかく、諭《さと》すように、紺乃美に言う。

「はい……。え、えと……ごめんなさい、おにい――えとぉ、ご主人さまぁ」

「そうよ、紺乃美。よくできました。……私たちはメイドなんだから。間違えてはダメよ？　紺乃美、アカデミーの実技演習ではちゃんとできていたのに……やっぱり相手がご主人様だと勝手が違うみたい」

子を慈しむ母のような笑顔を浮かべながら、瑠璃が階段を一段ずつおりてくる。

そのたび、ぱつんぱつんに胸部を押しあげる豊かなバストが、機能美を追求したメイド制服ごしにゆさゆさと重々しく揺れる。

「ご主人様？」

「あ、いや……なんでもないっ……」

揺れる乳房を盗み見ているのを指摘されたかと思い、あわてる佑一。しかし瑠璃はなんでもない様子で紺乃美をうながすように声をかける。

「さ、紺乃美。ご主人様のおカバンを。紺乃美がするんでしょ?」

「うんっ!」

佑一が学生鞄《がくせいかばん》を持たせると、紺乃美は少しもたついたものの、「えいしょえいしょ」と抱え直す。

「紺乃美ったら、ご主人様のおカバンを持つんだって、張りきってたんですよ。まだかなまだかなって時計まで抱えこんで」

「あ、そうだったんだ……ごめん。それなら、連絡すればよかったね」

今日、佑一は友人たちと寄り道していたのだ。そのせいで普段の帰宅時間より一時間も遅くなってしまっていた。

「いいえ、それには及びません。ちゃんとご主人様には発信器をつけてありますから」

「ええ、うそ……」

瑠璃は佑一の襟もとに手を当て、校章バッジを取る。

「さ、取れましたよ。はい。これです、校章型発信器」

しかし佑一の意識は、むにむにと少年の胸板で押しつぶされるやわらかい彼女の乳房に集中してしまう。

さらに彼女の肌からかすかに漂う、汗の甘酸っぱさが労働にいそしむ女性をより魅力的に引きたてていた。そのうえ、彼女の肌から匂う花の蜜のようなかぐわしい香りは紺乃美のそれとは違う、少し背伸びしたような大人の色香だ。

(いい、匂い……それに、う、ぅ、わっ……こんなむにゅむにゅでぷにぷにって……うわ……すご、す、ぅ、ぎ、ぃっ……)

思春期の少年の脳裏をかすめるのは、同級生たちのバストの数々。

クラスで一番大きいと言われる少女のサイズが物足りなく思えるほど、瑠璃のそれはダイナミックで、ソフトだった。小玉スイカぐらいのサイズは確実で、もしかしたら大玉にも手が届くほどかもしれない。

(うぅ、や、やばい……うぅ)

これぞ悲しき男の性《さが》。全身を熱い感触が這いのぼり、腰まわりがぽうっと火照《ほて》ってくる。

これがなんの予兆かは、青春真っ盛りの少年にとってはあまりにわかりきったこと。

(だめだ……瑠璃の前で、こ、こんなっ……)

そして、もう限界だ、股間の高鳴りを隠しきれないと覚悟したその時。不意に、胸板でつぶれていた肉感がふうっと消えた。同時に少年の衝動も引いて、ひと安心と佑一は息をもらす。

「あれえ、お姉ちゃん? ご主人さまぁ? どうしたのぉう?」

紺乃美が振りかえって呼びかけてくる。佑一は「すぐ行くよ」とそれに答えるように手をあげた。

「そ……それにしても、さっきの瑠璃、すごかったな。びしっと、言ってさ」

佑一は校章バッジ型発信器を眺めながらつぶやいた。

「しっかりしてて、昔のドジっ子ぶりが嘘みたいだ」

小学生の頃のことだが、いつも瑠璃は紺乃美の手を引いて佑一のあとをついてきた。昔から運動神経はあまりないらしく、駆けっこをするとスタート直後に必ず瑠璃はなにかにつまずいて転んでいたものだ。結局遊び終わってみると、遊びよりも転びすぎて瑠璃の服は泥だらけになることが多かった。

それが今では、佑一よりもしっかりしているのはもちろん、もう見た目にも立派な大人の女性だ。それを思うと、時の流れは偉大だな、としみじみ思ってしまうのだ。

佑一が物思いにふけっていると、いつの間にか瑠璃がぴたっと動きをとめていた。

佑一が少し遅れて、それにつられるように足をとめる。

「あれ、どうかしたの……瑠璃、顔赤いけど？」

「……も、もぅ」

瑠璃は透き通るような肌をかあっと火照らせていた。そして何気ないステップで、佑一に近づくとそっと、少年にだけ聞こえる声でささやく。

「うぅ……お兄様がドジっこぶりとか言って意地悪するから……ですっ……もぅ」

唇を尖《とが》らせ、ぷうと頬をふくらませるメイド長。

「あれ？　ご主人様、じゃなきゃいけないんじゃないんだっけ？」

「い、今だけですから……紺乃美には、内緒、ですよ」

「……ケジメはどうしたの、かな？」

ちょっと意地悪に訊いてしまう。すると瑠璃からじろっと、全然怖くないけど、少し涙目でにらまれた。

「うわ、ごめん……うそだよ、冗談だよ、じょうだん」

「ふふ。わかってますよ。お兄様が優しいのは、私よく知っていますからっ」

少女は茶目っ気たっぷりに笑ってみせる。

やっぱりこういうところはまだまだ年下で、年相応な面が出るもんだな、と佑一はしっかりしすぎている少女の幼い面にほうっと胸を撫でおろす。

（あ、でも……身体はちょっと……大人になるのが早すぎ、だけど……）

瑠璃が身体を近づけるたびに、弾力豊かで、スイカのように大きなおっぱいがぷりんぷりんと腕にぶつかって、水風船のように瑞々《みずみず》しく弾けた。見た目にもそれは、佑一の手におさまりきれないのは明らかだ。

「もうお姉ちゃん、ご主人さまぁ……早く来てよう」

「うん、今行くよっ」

「ご、ごめんね、紺乃美」

「じゃあ、またねお兄様」と瑠璃がほんのちょっぴり頬を上気させて、前を行く妹メイドへ追いつこうと駆け寄っていく。

その背中を見ながら、佑一はしみじみ思う。

(メイドが……俺の義妹なんだよなぁ……)

佑一は幼い頃、母を病気で亡くしていた。

それから十数年後。月見《つきみ》財閥《ざいばつ》のリーダーである佑一の父、大五郎《だいごろう》は、とあるシングルマザーとの電撃的な再婚を果たした。佑一は、父の再婚のことはもちろん、その相手にも驚かされた。大五郎が再婚した相手、それは月見家のお隣りさんだったのだ。

さらに言えば、その家の少女たちと佑一自身、兄妹同然に育っていた。

と言っても佑一が中学生にもなると学校が違ったり、生活リズムが違うせいで、少し疎遠になっていたのだが。

そんな再婚相手について驚かされる一方、もうひとつ仰天することがあった。

それは、妹たちがまさかの佑一専属メイドになること。

姉妹は中学卒業と同時に、イギリス中西部の都市にあるメイド養成学校『Royal《ロイヤル》 Maidservant Academy《メイドサヴァントアカデミー》(王立メイド学院、通称アカデミー)』に入学、優秀な成績で卒業していたのだ。それも彼女たちの率先的な意志で。

つまり、将来的に佑一の専属メイドになることを承知のうえで入学していたということになる。そしてその資金を出していたのが誰であろう、大五郎であった。

そう、再婚計画は数年前から淡々と進められていたのだ。

なにも知らぬは佑一ばかり。

それを知った時の少年の愕然のほどは、「あらあら、写真に撮って末代までの家宝にしたいわねえ……でも人の顔色って本当に七色に変わるものねえ」と父、大五郎の再婚相手である義母、月見《つきみ》水江《みずえ》（旧姓、柊《ひいらぎ》）の言葉が評する通りである。

そして大五郎夫婦が新婚旅行で世界をまわっていて不在の今、義妹たちはメイドへ早変わり、というわけだ。

（うーん……それにしても、もう一人——あいつはどうしたんだろう……）

柊姉妹は三姉妹だ。近所で有名な美人姉妹。うるわしき三人官女。

瑠璃が長女で、紺乃美が三女。つまり次女が欠けている。彼女ももちろん、佑一の専属メイドのはずなのだが。

「……なに、姉さんの胸見て、デレデレしてんのよ、この変態っ」

「いっ……！」

びりっと、爪先から頭の先に電気が流れるような痛みが走った。

足を踏まれた佑一が涙目になりながら振りかえると、佑一のもう一人の義妹で、次女の碧がいた。

メイド制服はさわやかな水色に白のエプロンドレスというデザインで、胸もとにはリボンのワンポイント。メイドカチューシャは少し前に傾《かたむ》けさせている。

メイド制服全体はすっきりとしたデザインで、次女のメリハリのよくついた身体にうまくフィットしている。フレアスカートは長女、三女と比べても明らかに短く、太腿の半分が見えるぐらいのミニ。

伸びやかな四肢をいっぱいに清楚《せいそ》なメイド制服から飛びださせている。胸もとを押しあげるふくらみは瑠璃よりはいくらか劣るものの、立派にツンと上向いていた。

そして今にも折れそうなほどにくびれたウェスト、ミニスカートからのぞく足は白いニーソックスにくるまれてむちむちと色っぽいながら、健康的でさわやかな美しさで満ちていて、足首はきゅっと締まっている。

ボーイッシュなショートカットに包まれた顔はよく整い、瞳は猫のようにつぶら。美少女という呼び名にふさわしい。のだが。今はその顔いっぱいに不機嫌さがにじみ、流麗に引かれた柳眉《りゅうび》は持ちあがって大きな瞳には軽蔑の色を浮かべていた。

「よ、よぉ……碧」

少年は自分をにらみつける少女の鋭い視線に圧倒されながら手をあげた。

「話しかけないで、変態」

　ふん、と少女は思いっきり少年を振りきって、ずかずかと中央階段に向かっていく。

そこには顔をしかめた瑠璃が待ちかまえていた。

「こら、碧っ。ご主人様に向かってなんて口のきき方をするの！」

「……別に、私……こいつをご主人様だなんて思ったことないもの……」

　碧は姉に叱られ、ふてくされたように唇を尖《とが》らせた。

「もう、アカデミーではあんなにがんばって課題をこなしてたのに。……全部、ご主人様のため、だったんじゃないの？」

「なぁっ……姉さん馬鹿なこと言わないでよ、どうして私がこんなやつのために……っ！　私は私のためにがんばったのよ」

　少女は顔を真っ赤にしながら、吠《ほ》える。それでも瑠璃は「だって、あんなに……」と今にも思い出のひとつでも語りだしそうな勢いだ。

　佑一としては数年ぶりに再会し、あまりに急なことだけれども、義妹にもなった碧にどうしてここまで蛇蝎《だかつ》のように嫌われなければいけないのか、理由がわからなかった。もし瑠璃の言っていることが本当なら、その『佑一のためにがんばった』アカデミーでの思い出を聞きたかったのだが。

「っていうか、そういうことじゃないでしょ、姉さん！」

「え、あ、どうしたの、そんな急に大きな声出して」

びしっと指を突きつけられた瑠璃は困ったように眉をひそめた。

「姉さんの胸が体に当たって、ぽ、ぽよんって弾んで……それで、喜んでたのよ、コイツ！　姉さんのおっぱいで、興奮してたのよ。間違いないわ、私この目でしっかり見てたんだからね！　姉さん、警察を呼ぼう！」

「ご主人様ったら……もぅ」

顔を赤らめながら、くねくねと身体を動かす瑠璃。

その顔は「いやらしい！」と佑一の行為にショックを受けているというよりも、どこかほほ笑ましく思っているような感じがした。

まさか瑠璃が佑一へそこまで好意的な反応を示すとは夢にも思っていなかったらしい碧は、完全に拍子抜けしたよう。

「ちょっと姉さん？　いいの……？　コイツに……よっ、よりにもよってよっ!?」

びしびしと何度も指を差されながらコイツ呼ばわりされたうえに、瑠璃の胸を覗き見てしまったという男の一面を見抜かれた佑一はその場を逃げだしたかった。

「私たちはメイドよ……そこら辺をうろついている『メイドの格好をしたがり屋なただの女』とはワケが違うのよ!?　それに。これだけじゃないの……紺乃美！」

「にょ？」

いきなり名前を呼ばれて、佑一の鞄を両手に抱えた末妹は小首をかしげた。

「紺乃美、あんたの身体を受けとめながら、こいつは今にも襲いかからんばかりの、幼児性愛者の顔剝きだしだったんだから！」

「えへへ。でもこにょみはご主人さまにだっこされて、うれしかったよう」

無邪気に笑う紺乃美に対し、碧は立ち膝になって妹と目線の高さを合わせる。そして頭を撫でながら、

「紺乃美。よく聞くのよ。……あいつ、紺乃美を抱きしめて、いやらしく鼻の下を伸ばしてたんだぞ。もうこれはセクシャルハラスメントを超えてギルティよ！　犯罪よ、犯罪ッ！　ね、怖くないからこれから一緒にあの男を訴えよう」

悲劇の姉妹を演じるような大仰なセリフまわし。もしこれが舞台であれば、碧と紺乃美にのみスポットライトが当たっていることだろう。

「あぁ……かわいそうな、紺乃美。なにもわからないのね……うぅ、でも大丈夫。お姉ちゃんが守ってあげるから」

碧は紺乃美を胸に抱きしめて、どんどん好き勝手に主張する。抱きしめられた紺乃美は顔をしかめて「くーるーしーぃーよぉー」と身体をばたつかせる。

（おいおい。碧、そんなあることないこといっぱい吹聴するなんてひどいじゃないかっ！）

これ以上、瑠璃や紺乃美に誤解されるわけにはいかない。このままでは本当に犯罪者扱いで、今度は碧だけでなく、三姉妹から軽蔑されかねない。

「碧……俺は別に……そんな鼻の下なんて伸ばしてなんか、な、ないぞっ」

佑一が一歩前に出ようとすると、碧を挟んで向かい合う形になっている瑠璃がにっこりとほほ笑むのがわかった。「私に任せてください」とその隙のない笑顔は言っている。少年はしぶしぶながら引きさがる。

その間も碧は、佑一についてどんどん告発しようと息巻いていた。しかし、悲劇の姉妹ごっこは、瑠璃の介入であっけなく終わる。

「ねえ、碧……」

「なによぅっ」

碧は紺乃美を抱きしめたまま、姉のほうを向く。

「……そんなにお世話がしたいのなら、そう早く言えばよかったのに。さっきも訊いたのに。誰がご主人様がお帰りになられたらお出迎えするかって。そうしたら碧、私はそんなことイヤって出ていっちゃうんだもの……ふふ、照れてたんだ」

「待って……ど、どうしてそんなことになる、の？」

碧はいきなり苦境に立たされ、苦虫をかみつぶしたような顔をする。

「だって……今までの碧の言動を総合すると結局は、ご主人様がお帰りになられてから今までずうっと碧、ご主人様のことを見ていたってことになるじゃない……」

「あ……」

そこで佑一も気づく。そういえば、自分は足を踏まれたのではないか。それにこんな視界のひらけている場所で碧に気づかなかったということは、碧は少なくとも佑一の視界の外、背後にいたということになる。そこからならば、紺乃美からの熱烈なダイビングボディプレスや、瑠璃との急接近もばっちりと見ることができる。

「たまたまよ、たまたま……私が仕事してたら、帰ってきちゃって……それで私が後ろにいる、みたいになっちゃって……そ、それだけだもの」

ようやくここではじめて碧の言葉数は少なくなっていく。

「そうね、たまたまね。たまたま。わかったわ。そういうことにしましょ……さ、碧、紺乃美、ご主人様のお部屋へ行きましょう」

瑠璃がメイド長らしくその場をおさめた。


「はい、ご主人様動かないでくださいね」

「動いちゃ、だめだめ、ね？」

「あ、はい……」

佑一は小さな腰かけに座りながら姿見に映る自分の姿を見て、頰を赤らめた。

もちろん、少年はナルシストではないから自分の体つきにではない。少年の体に貼りつくように近寄ってきて、服を懇切ていねいに脱がしてくれるメイドたちに、である。

前を瑠璃が、後ろを紺乃美が、という配置。

(見るな……見るなよ、佑一)

少年は心のなかで一心に念じ目をつむる。今目の前では瑠璃が動いている。そして当然その動きに合わせて、楚々としたメイドコスチュームを今にもはちきれんばかりに押しあげている乳房も一緒になって揺れているはず、だからだ。

「はい、ボタン全部はずせました。さ、脱いでください」

「ご主人さまぁ、ばんじゃーい、してくださぃねっ」

舌っ足らずな、ばんじゃーい、に呼応して、佑一は両腕をあげた。するするとシャツが脱がされ、今度は瑠璃から部屋着を渡される。それを着て今度は、

「い、いいよ、瑠璃っ！　下は、自分でっ、あ……あとでやるからっ」

ベルトに手が伸びる気配にあわてて立ちあがる。動揺した義兄の様子に満足したのか、メイド長はベルトから手を離す。

「ふふ。さっき意地悪なこと言ったお返しです、お兄様……」

ぼそぼそっと瑠璃が耳もとでささやいてくる。顔をあげると、少女は上機嫌に笑っ

たが、すぐにその笑顔は仕事のそれに戻った。

「……ごめんなさい、ご主人様。本来なら身のまわりのお世話は碧の仕事なのに……碧ったら……もう、素直じゃないんだから」

問題の碧は部屋の隅っこで、佑一の脱いだ服を素早くたたんでいた。さすがはアカデミーを卒業しただけあって、その動きは一分の無駄もない。

「姉さん。私はちゃんと布団干しからベッドメイキング、部屋の片づけ、ゴミ捨て、空気の入れ換えは全部すませました。着替えまで手伝うなんて過保護すぎ。メイド倫理学講義のブラム教授も、いくら主人と従者の関係でも甘やかしはいけないって言ってたもの……いい、あんたよく聞きなさいよっ、メイドは奴隷じゃないんだからね！」

「もう、碧。ご主人様は私たちをそんなふうには見てないよ」

瑠璃にたしなめられると、碧はつーんと顔をそむけてしまう。これ以上なにか言ったら、今度は耳を押さえて「あーあー聞こえないいいいい……」と断固聞かざるを貫きそうだ。

（頑固なところは相変わらずなんだな、碧のやつ）

小さい頃も、碧はその気の強さのせいで、いろいろまわりと衝突していたが、絶対に自分から謝らなくて、それを見かねた佑一が一緒に付き添って謝っていたものだ。

佑一は、意固地な碧に対してなにか言おうとしている瑠璃を「もういいから」と押しとどめた。それから部屋を見まわす。

この屋敷に来てからというものの、こうやってあらためてこの部屋をじっくりと眺めるのは、はじめてのことかもしれない。

碧の言う通り、部屋は見る限りどこにも乱れはない。空気も一日のほとんど部屋の主がいなかったとは思えないぐらい澄んでいるし、窓ガラスには曇《くも》りひとつない。

染みのない真っ白なシーツにはもちろん一本の皺もなく、なんだか毎日皺くちゃにしてしまうのが申しわけなくなってしまうほどだ。普通の家庭ならここまでするのは、大掃除の時ぐらいだろう。

「それじゃあご主人様、しばらくお部屋でおくつろぎください。夕食のほうは頼んだわね、紺乃美」

「お、今日の夕飯はなに？」

紺乃美の料理は三姉妹随一で、とにかくうまい。もしこの味で、レストランででも出せば、メイドをするより何十倍も稼げるほどなのだ。

「はーいっ。ビーフストロガノフでぇす」

屋敷の掃除や料理を担当する紺乃美は元気よく返事をした。

瑠璃 ご主人様に姉妹の初めて、捧げます

「もう就寝時間かあ……」

みんなで食卓を囲んだり、お風呂に入ったりすると、もう十二時近い。

「それにしても相変わらず紺乃美の料理は美味しかったなあ……」

今でも口をもごもごさせると、ビーフストロガノフのとろけるような肉の旨味や、サワークリームのまろやかさがよみがえってくる。舌にゆったりと染みこんでくるトマトの酸味が食欲を増進させて食べても食べてもまだ食べられた。思いだすだけでまろやかな風味を閉じこめた唾液が、口のなかいっぱいに溢れる。一緒に食べたバターライスもさっぱりしていて、ビーフストロガノフの濃厚さと両者が絶妙にからみ合ってたまらなかった。

「はあ……」

佑一は碧がメイキングしたベッドに身を横たえる。

枕に顔をうずめてみると、お日様の香りがした。

(碧……どうしてあんなに俺を毛嫌いするんだ？　小さい時にはそんなこと絶対なかったのに。俺、いったいなにしたんだろ？　あれだけ俺のこと怒ってるってのは本当に最悪のことをしたっていうこと、だよなあ……)

幼い頃のこととはいえ、自分の無自覚ぶりに心底あきれ果ててしまう。こんなふうでは碧が怒って当然のように思えた。

そんなふうに佑一が考えにふけっていると、扉を叩く音が聞こえた。

のっそりと上体を持ちあげ、「はぁい」と声を出す。すると。

「あ、ご主人様……もうお休みになられていました？」

扉ごしの瑠璃のくぐもった声。

「瑠璃？　ううん……もう寝ようかとベッドに寝っ転がってたんだ」

「……入ってもよろしいですか？」

佑一がオーケイすると、扉が開いた。そして瑠璃と、その後ろから紺乃美がいそいそと入ってきた。碧の姿はない。

「あれ、どうしたの二人とも。そろって……」

「私たち、ご主人様がお休みになるまでおそばについていたいって思って」

ほんのりと頬を赤らめた二人のメイドが、そそっと近づいてくる。

あまりに突飛なことに、少年ははっと息を呑んだ。

「待ってよ、今までそんなこと……そんなことしたことなかったのに……」

「ご、ご主人様……ご迷惑でした？」

「ご主人さまぁ、こにょみたちめぃわくぅ？」

二人の今にも泣きだしてしまいそうな顔に、少年はぶるんぶるんと首を振った。

「ち、違うよ。そういうことじゃなくて……え、えっと……う、うん……それじゃあ。ちょっと頼もうかな……」

瑠璃と紺乃美はわあっと顔を明るくさせて喜んだ。

（やっぱり照れくさい……）

小学校の頃には、三姉妹が佑一の家に泊まりに来たり、逆に佑一が遊びに行って昼寝で川の字になって姉妹たちと一緒に寝たことがあったが、あれから数年経っている。もうみんな立派に成長している。

少女たちは無邪気な心や、佑一への無防備な行動はそのままに、その身体は大人の女性に近いものになっている。子供っぽい硬さの残った身体ではない。やわらかく、そして丸みを帯び、ところによって肉づき豊かに色艶まで出てきている。

やっぱり無心だった幼い頃のようにはいかないかもしれない、と佑一は思ってしまい、なにを考えているんだと自分を信頼してくれている二人に申しわけなくなった。

「それじゃあ……二人ともちょっと待ってて」

佑一は美人姉妹からの上目づかいに屈して体を移動させ、二人が横になれるスペースを作ってあげようとする。しかしメイドたちは少年を左右から挟みこむように、ベッドに乗っかってきた。佑一は追いつめられるようにベッドの真ん中に寄る。

「え、あ、あの……ふ、二人、とも……？」

まさか左右からやってくるとは思ってもみなかった佑一は目を白黒させた。

「こうしたほうがご主人様の顔、しっかり見られるから」

「えへへ。これならお兄ちゃん……ああ、じゃなくて。……ご主人さまの顔、お姉ちゃんと一緒に見ていられるもん」

「そうだね……これのほうがい、いいかも、ね……？」

完全に佑一は姉妹メイドのペースにはまっていた。

「えへへ、ご主人さまと一緒にこうして眠るの、久しぶりぃ」

猫がごろごろと喉を鳴らすように紺乃美が、少年の腕にくっついてきた。メイド制服とも、素肌の感触とも知れないやわらかさが二の腕に吸いついてくる。

「あ、こ、紺乃美ぃ……うぅ……うん、そうだね、久しぶりだね」

「もう紺乃美ばっかりずるい。私だって……ご主人様を暖めてあげられるんだから」

むにゅう。紺乃美では感じられない、瑞々《みずみず》しい弾力が二の腕にのしかかってくる。

横目でちらりと瑠璃を見る。すると、横になったせいか、彼女のたわわな胸果実は前面に絞りだされ、あふれんばかりにその存在をいっぱいに主張していた。

佑一は理性を総動員しながら、ベッドの上で気をつけの姿勢で固まる。それでも鼻腔をくすぐる甘い匂いだけはどうしようもなかった。それは少し湿り気を持った、シャンプーのかぐわしさ。

義妹たちがベッドに寝ると、彼女たちのコシのある髪がシーツの上にゆるくひろがっていた。白いシーツに黒曜石《こくようせき》のように輝いた髪はとても対照的で綺麗だった。

(二人とも……お風呂、入ったんだ……)

そのせいだろうか。瑠璃と紺乃美の顔はほんのり上気しているように見えた。そして甘い体臭。人工的に作られたさわやかな匂いに混じる、生々しい女性の体臭はいくら身体を綺麗にしてもなくならない。いや、身体を綺麗にすることで、余計な匂いがこそげ落ちて、純粋な体臭が立ちのぼるのだ。

(う、やばい……)

旺盛な性欲が、女性の香りによって刺激され、高ぶりはじめる。

そして一度それを意識してしまうともうダメだ。腰まわりのむず痒さが、強いひきつりに変わっていく。

どれだけ理性で押しこめようとしても、一度高ぶった気持ちは簡単におさまってはくれない。海綿体に血液が流れこんできたかと思うと、寝間着のズボンの股間はたちまちのうちにふくらんできてしまう。

佑一は瑠璃と紺乃美の両方の顔を見た。彼女たちは義兄の身に旺盛な性欲を証明するような反応が起きていることなどつゆほども知らない笑顔で、少年を見ていた。

彼女たちのよき兄として、こんな痴態をさらすわけにはいかない。

「と、トイレっ……」

自分でも安直な逃げ道だとは思ったが仕方がない。今は一刻も早く、この高ぶった気持ちを落ち着かせなければならない。

トイレに行って一度ぐらい処理すれば、なんとかなるはずだ。

しかし立ちあがろうとした瞬間、姉妹がそのプリンのようにやわらかな身体を押しつけてきた。そのせいで体は動かせなくなる。

「あ、あのぉ……」佑一は口ごもった。

「トイレで、ご主人様はなにをするんですか……？」

メイド長は含み笑いをしながら、むぎゅうと豊かな女性のシンボルを押しつける。

「あ、いや……トイレで……そのう……」

「トイレでいったい、なにを出しちゃう気、なんですか……ご主人様？」

佑一は頬を指でつっつかれた。びくりと体を揺らすと、瑠璃がおかしそうに笑う。

「昔、私の家の縁側で四人で一緒にこうやってつっついて、笑ってましたよね……」

メイド長が懐かしそうに目を細めながらツンツン攻撃をしかけてくる。

「や、やったなっ」

なんとなく佑一も反撃したくなって、人差し指の矛先《ほこさき》を瑠璃に向けた。

試しにつついてみた彼女の頬は、しっかりとお手入れが行き届いていて、しっとりとして指に吸いつく極上のもち肌だった。

（うわ、すごく気持ちがいいっ）

「やりましたね、お返しです」

瑠璃も負けじと、つんと反撃。

佑一も負けじと、つーん。

つん、つんつんつんつん。

ツンツン攻撃の応酬。そのたびに瑠璃はこそばゆそうに肩をすくめ、まるで本当に幼い頃へ戻ったような空気が二人の間に流れる。

そのうち佑一があまりに自己主張の強い彼女の乳房を見すぎていたせいか。

「あぁぁん……」

つん、とつっついた先はメイド制服ごしにもわかる弾力感の瑞々《みずみず》しい双胸。少女はひなたぼっこをしている猫みたいに目を細めて、軽く身じろいだ。

「あー、こにょみもぉ、昔みたいに、ご主人さまぁにするのう！」

紺乃美がツインテールを揺らしてうらやましげな声を出す。

（あれ……紺乃美って昔、ツンツンとかってしてたっけ……？）

佑一が昔の記憶を手繰《たぐ》り寄せるよりも、紺乃美が行動するほうが早かった。彼女はそのサクランボがようやくおさまるぐらい小さな朱唇で、少年の指を咥《くわ》えたのだ。

「くぅ……」

少年の頭の芯に電流が流れた。ねっとりとした紺乃美の唾液の温かさ。唇のしっとりとした潤いが指先をくすぐる。

（そうだ、紺乃美ってあの頃まだちょっと口になにか入れて、もぐもぐするのが癖だったっけ……っ）

幼児の習性か、紺乃美は近づいてくるものはなんでも口に入れた。それに噛み癖があって、なんでももぐもぐとしゃぶったのだ。佑一はそれが面白くて、よく自分の指を咥えさせたり、咥えそうな寸前で高く持ちあげて紺乃美をからかって遊んでいた。

「んちゅぅ……ぢゅう……んっ……ぢゅる……んふ……っ」

紺乃美の唇の隙間から、唾液と空気の混ざる音が淫靡《いんび》に跳ねた。

その口の動きはあの頃の癖の繰りかえしではない。ゆっくりと少年の興奮をあぶり、官能を高めていく魅惑の責めだ。

「んちゅ……ちゅぱ……んんんっ……ちゅうぅ……ごひゅじぃんひゃまぁのゆびぃ、しょっぱくてえ……おいひいぃ……んちゅぅぅ……っつうぅぅちぅぅう！」

美人姉妹に両脇に控えられ、佑一の手はすっかり汗ばんでいた。

「紺乃美、もうその癖はだめだって言ったのに……でも、紺乃美には負けない。……でも、ご主人様も、ふふ、いきなり大胆ですね……」

「う、わ……ご、ごめえん！」

佑一は指をずうっと、瑠璃の乳房に押しつけたままだった。あわてて指を離すと、軽くなにか小石ぐらいのささやかな突起物にぶつかる感触があった。

「あぁん、も、もぅ……ご主人様ったらあ……私の、乳首……責めちゃいやですよ」

「ひゃっ」

瑠璃に、勃起を優しく撫でられ、佑一は情けない声をもらしてしまう。

メイド長は手のひらで揉み転がすように、ズボンごしに、少年の男根へ刺激を与えてくる。ただでさえ、姉妹から立ちのぼる甘い色香にほだされて興奮しているのに、そこまでされればもう耐えられなかった。

佑一のペニスはズボンに大きなテントを作るほどに猛々《たけだけ》しく勃起してしまう。ズボンごしにも、その男根のグロテスクさがうかがえるような突きあげっぷりだ。

「ふわぁ！　すごぉい、おっきい……」

目を真ん丸に見開き、紺乃美が感嘆の声をあげる。

「ダメだよ紺乃美！　そんなに見たらダメだって！」

純真無垢《じゅんしんむく》な少女に、これ以上卑猥《ひわい》な面は見せられない。どうにかしようとするのだが、両腕がふさがった今、どうにもこうにもすることはできない。

「る……瑠璃、さわっちゃだめ……うぅ……」

まるでピアニストのようなしなやかな指先が勃起を甘やかに絞る動きを見せ、ズボンのなかでは局部がどんどんたくましくなっていた。

「うぅ……はうぅ……だ、だめだって……瑠璃、だめなんだってばあっ！」

先走りがどろどろとこぼれるのがわかり、海綿体が熱く熟していく。おそらくトランクスの正面はべとべとになっているはずだ。

「どうして、ダメなんです……？　今、ご主人様だって、私の……その……おっきくなっちゃった乳首こすったじゃないですか……」

やっぱりそうか、と佑一は指の腹で触れたあの硬い感触に生唾を呑んだ。じーんと体が痺れる思いだった。

「あれはあくまで……その、じ、事故で……だから、あ、あの……そ、の……っ」

自分のいやらしさを見透かされるような感じに口ごもってしまう少年に対して、瑠璃は縁なし眼鏡をくいっと持ちあげてみせた。

その厚みのある唇が笑みを縁取ってゆるんだ。

「私たちがすぐそばにいたから、さわっちゃったんですか？」

思わず佑一はうなずき、うなずいてから、しまったと顔をあげた。

「あ、でも別に瑠璃たちが悪いわけじゃないんだ！　俺がっ……俺がいけないんだ。せっかく瑠璃も紺乃美も好意で添い寝してくれるのに……俺、一人、エッチなこと考えて……だから──」

「うれしいです、ご主人様！」

少年の言葉をさえぎって、弾けんばかりの声。瑠璃は上気した顔を近づけ、満面の笑みを浮かべる。紺乃美もうんうんとうなずいていた。

「う、ぅ……ぅれしい……？」

「やっぱりご主人様、私たちを女だってちゃんと見てくれてたんですね。……妹、じゃなくて……それがうれしい。……でも私たちのせいでこんなにさせてしまったのなら、紺乃美、私たちががんばって元に戻してあげなきゃ、ね？」

じいっと美人姉妹に盛りあがった股間を見つめられ、佑一は顔を真っ赤にする。

「そんな、さ、させられないよっ！」

「メイド鉄之五箇条〝第二条、たとえ主が拒否したとしても、絶対に必要なことには不退転の決意で挑め〞——ね、ご主人様」

瑠璃の有無を言わせぬ勢いに、佑一は知らずうなずいていた。

「それじゃ……」

瑠璃は眼鏡ごしの瞳を紅くさせ、きらきらと輝かせる。そして軽やかな手つきで佑一から上着を取り去り、ズボンに手をかける。

そして勢いよく下着ごと脱がしてしまう。

「あぁ……」

邪魔な布地から解放された、佑一のたくましいペニスがあらわになった。

「はあ……これがご主人様の……ですか……あぁ……大きいですね……」

メイド長は甘いため息をもらす。

少年の勃起は血管を浮かびあがらせながら、ぴくぴくと脈打っていた。亀頭の色合いは鮮やかで、エラもいっぱいに張っている。まるで矢尻みたいに鋭い。

「これが男の人のおちぃんӾんなんだあ。すごぉい。……こにょみにはこんなすごいのないよ？」

紺乃美が好奇心に瞳を輝かせる。

（うわ……こ、紺乃美……そんなにそばに来ちゃだめだ……っ！　ああ、紺乃美の息が濡れたところにかかって……うぅぅっ）

まじまじと見られるのはやっぱり落ち着かない。しかしそれを喜んでいる自分がいることに、少年は気づいていた。

「あのずっと見ていられると……恥ずかしくて……だから、あの……やってくれるなら、早く……あのう、お、お願いします……」

耳まで真っ赤にして少年は自分から、奉仕してくれるよう頼んでしまった。

「はい……たっぷりご奉仕させていただきます、ご主人様……」

瑠璃は、家事仕事をしているとは思えないぐらいすすべな指先を肉茎へからみつかせてくる。強くなく、かといって弱くない、絶妙なさわり心地にぞくぞくと快感色のふるえが爪先から頭の天辺にまで響いた。

「あ、あああっ……」

真綿でゆっくり首を絞められるような、じっくりとした動きで小指から順番に力がこめられていく。

それだけで佑一は全身が痺れるような快感を覚えた。それも相手はメイドとはいえ、義妹なのだ。その一線を越えてはいけないという背徳感が早くも海綿体を疼かす。

「お姉ちゃん……紺乃美は、どうしたらいーい?」

ツインテールメイドが、醜悪きわまりない佑一の男根に顔を寄せてくる。

「紺乃美。殿方のココはね、とても敏感でデリケートなの。だから、壊れものを扱うぐらい優しく握ってあげるの。そして、こうやって……」

「う、はあっ……る、瑠璃ぃ……！」

(うわ、瑠璃ってまさか、もう経験済みなのかっ……うぅ……なんか、タイミングというか、力の入れ加減というか……うぅ、絶妙すぎるよっ！)

メイド長が、佑一のペニスを手のひらにおさめた状態でゆっくり上下にこする。

彼女の手先はシルクのようにやわらかく、粉砂糖のようにさらさらとして、そしてちょっと高めの体温とがうまくからみ合って甘美な風味を出している。

「わあぁ……ご主人さまのおちん×ん、ぴくぴくってしてる……あ、なにか先っぽから出てきたよ、お姉ぇちゃあん！」

ぷっくりとふくれた亀頭の先端の割れ目から透明な液が分泌される。先走り液だ。

「ええ、そうね……これはカウパー氏腺液っていうの。殿方が気持ちいいっていう証拠なんだから」

「すんすん、すん……すん……」

紺乃美は怖いもの知らずなのか、どろりとこぼれてくる先走り液の匂いを嗅ぐ。ツンと盛りあがった小さな鼻が呼吸するように動く。

「うーん……なんだろ、不思議な匂いするう……」

「さ、紺乃美も、やってみて……」

メイド長が手をはずして、妹に場所を譲る。

「はあいっ」

まるで学校で先生から、問題を解いてみなさいと言われた生徒のように元気に返事をした紺乃美は、ぷにぷにした小さな手でペニスの胴茎をつかんできた。

「う、くうう……紺乃美ぃ……はあぁ」

片手では無理で両手でなんとか茎をつかめた。それでもまだ完全にはくるみきれていない。

「あのう紺乃美。難しかったら無理しなくてもいいんだよ？」

紺乃美の幼い顔から、奉仕してもらうことに抵抗があった。それでもちょっと汗ばんだ少女の手は勃起に吸いついて気持ちいい。

「ううん、だいじょぉうぶ。こにょみ、がんばるからあっ」

うんしょ、うんしょと少女は太茎へ奉仕をはじめる。まだ慣れていないせいかぎこちなさはあるものの、自慰とは比べものにならないくらい気持ちよかった。

瑠璃の巧緻なしごきと比べればやはり劣りはしたが、どのタイミングで力が入れられるかが不規則な分、力を抜いたところで思わぬしごきをされ、快感の波が読みきれず、時にはそのまま射精してしまいそうになった。

「ふふ、どうです……ご主人様ぁ。奉仕は気持ちいい、ですか？」

妹のがんばりを目を細めながら見守っていた瑠璃が、佑一へ身体を寄せてきた。

佑一は紺乃美にしごかれる感覚に目を細めながら、瑠璃の耳もとに口を寄せる。

「……ね、ねえ、瑠璃……なんかさっきのしごき方、慣れてたみたいだけど……」

「あの……とにかく……私も奉仕させていただきますからっ」

メイド長は顔を火照《ほて》らせ、制服の上着をかけ合わせていたボタンを取りはじめた。

そして、白くつややかな色をした乳房をすくいだす。豊かな肉感は果肉のいっぱいつまった白桃を思わせる。

乳肉のいただき、清楚可憐《せいそかれん》な乳首は充血して、色っぽく勃起していた。

「おっきい……やっぱり……うぅ……瑠璃のおっぱい大きいね……」

「さ、ご主人様……私のおっぱいをいっぱい、味わってください……」

佑一は虫が花の蜜に誘われるように、たわわに実った乳房にそっと触れる。

「んっ……はあぁ……ご主人様ぁン」

手のひらを弾きかえすようなぷりぷりとした弾力感が気持ちよかった。

それで少し指先に力を入れると、今度は弾力感が弱まって、指先を包みこむしっとりとした感触が加わってくる。

「んはぁ……あぁぁ……ご、ご主人様ぁ……さわるだけじゃなくて、いろいろしてくださって……かまいませんよ……はうっ。私の身体はご主人様のものですから……」

「いろいろ？　よぅしそれなら……あむぅン」

少年は、年下のおっぱいをまるで赤んぼうのように吸いはじめる。ぴんと尖《とが》った乳首を口に含むと、なんとなく甘い味がするような気がした。

「ご主人様ぁ……はぅぅンッ……！」

乳頭を頬ばった途端、瑠璃が大きな身悶えの声をあげる。

ちゅうちゅうと音がたつぐらい乳首を吸いながら、手のひらにはやっぱりおさまりきれない乳房を粘土細工で遊ぶようにこねまわす。

「アアッ……ご主人様、素敵ですっ……ああん……私のおっぱい、もっとちゅうちゅう吸ってくださいっ……」

眼鏡の奥の瞳が熱く潤み、長いまつ毛が伏せられて目もとに陰ができると、それが憂いの艶に見え、少年の劣情をいっそう誘った。

「ご主人様ぁ、いっぱい、気持ちいいおつゆが出てきたよお……あ、たれちゃう……んちゅう……んんうっ……」

「こ、こにょみ!?」

少女にとってはまるで溶けたコーンアイスを舐める程度の簡単な気分だったのだろうが、佑一にはたまらなかった。紺乃美の小さな舌がエラを弾くように何度もうごめくのだ。背筋を電流が走り、乳首を甘噛みしていた顎に力がこもってしまう。

歯にぷにっと弾力のある乳首の感触が触れた。

「ふわあぁ……ご主人様……ああ、そんないきなりっ……つ、強く噛んじゃ……だ、だめえ……っ！」

声をうわずらせながらも、瑠璃の声は本当にはいやがっていない。

そればかりか乳首は口のなかでもっと硬くなって、弾力感を増したし、コリコリという触感までもさっきとは段違いによくなっていた。

「えへへ。ご主人様ぁ、今のすっごくきもちよかったんだねっ。こにょみ、もっとナメナメしてあげるからぁ」

ツインテールをふりふりしながら、上機嫌に宣言する紺乃美。

手のしごきもほどほどに、次々と鈴口からこぼれてくるカウパー液を、子猫のような小さくかわいらしい舌で舐めとる。しゃぶるたびに、チュパチュパッと音がして、まるでペニスへ口づけをしているようだ。

（うぅ……紺乃美、そんな熱心に、ちょっと、やばいかもっ）

「紺乃美、そんなにペロペロして……イヤじゃないか？　イヤならやめてもいいんだぞ。だって、その……先走り、美味しくないだろ？」

「ううん……ご主人さまが気持ちよくなってくると、こにょみ、すごく美味しいのうっ……ちゅぅ……ぺろぺろ……ちゅううぅ！」

口をすぼめ、少女は鈴口からどろどろと溢れてくる快感露を口に取りこんでいく。

「くうぅうう！　ああ、紺乃美ぃ！　そんなしたら……まずいっ……まずいってえ！」

佑一が敏感な亀頭粘膜をしゃぶられる快感に悶える。興奮に漲《みなぎ》っている勃起が震え、陰嚢《いんのう》が縮こまる。絶頂が近い。と、そこへ瑠璃のささやきが。

「紺乃美、ご主人様のペースを乱してはいけないの……顔をあげなさい……」

「ふあぁい……」

紺乃美は少し物足りなさそうな眼差しを向けながら、おとなしくおちょぼ口を男根からはずした。ツインテールメイドの未熟な舌に快感を散々送りこまれた男根はびくびくと物憂《ものう》げに震える。鈴口からはぴゅうぴゅうとおつゆがこぼれた。

「紺乃美、私たちは奉仕をしているんだから、相手のことを一番に考えて自分勝手な真似はしてはダメよ」

瑠璃が真摯《しんし》な表情で紺乃美をたしなめる。

「えっ……る、瑠璃……それに紺乃美まで、なにを……」

二人のメイドは呼吸を合わせて一緒にスカートを持ちあげる。瑠璃は肉づきのいい両足の奥を、紺乃美はほっそりとして折れてしまいそうに華奢な両足の奥をさらした。

それぞれの股奥には女性の陰部を包みこむ下着が、秘密の花のように麗しく輝く。

メイド長のショーツは白で清純な印象を、紺乃美はショーツとは呼べない少し厚手のパンツを穿いている。

「ご主人様。私たちの身体を使って女性の身体がどんなものなのかじっくりと理解してくださいっ」

眼鏡の奥、少女は恥じらいながら、下着を横へずらす。紺乃美も唇をちょっと噛みながら、もじもじと姉の動きに従う。

（うわあぁ……っ）

あらわになったのは神秘的な女性の秘所。違いをいうなら、瑠璃のは大人っぽく恥毛はふさふさとして肉丘を覆い、もう立派な女性の陰部だ。

対して紺乃美のそれはまだ、にこ毛程度のかわいらしさが目立つ。

しかしどちらの割れ目もひっそりと締まって、無垢《むく》な形を崩していない。それはまるで柑橘類《かんきつるい》と砂糖を一緒にぐつぐつ煮こんだかのような甘酸っぱい香りまでした。

「あぁ。こ、これが女の人の……？」

相手が年下とはいえ、まぶしいほどの美しさに佑一は息を呑んだ。

同時に、妹同然の少女たちと会うことのなかった数年という片手で数えられる程度の年月が、あどけなく、ちょこちょこと佑一の後ろを追いかけてきた無邪気な少女たちの肉体を大人の女性の肉体へと変貌させたことに驚きを隠しきれない。

佑一は導かれるように、瑠璃と紺乃美の秘裂を交互に眺めながら、同時にその割れ目へ指をそっとくっつけた。ぷに、と薄く積もった脂肪《しぼう》の弾力と、そして瑞々《みずみず》しい粘膜の吸着感が指へしっとりと付着する。

「やわらかい……」

「そこは、だ、大陰唇です、ご主人様ぁ」

「聞いたことがある……でも、ここが、そう、なのか」

指先で、縦に一筋走った肉線を縁取るようになぞってやると、二人の少女が「うぅん」と声をうわずらせながら身をよじった。

「じゃあ……ここは？」

佑一は繊細そうな割れ目に指を引っかけ、そして左右に開いてやる。するとあらわになるのはサーモンピンクの粘膜のひらひら。まるで扇を何枚も重ねたようなそれは、赤みを深めてぷっくりとふくれていた。瑠璃のほうがより発達していて、紺乃美のはまだまだ成長途上で、未熟さを隠しきれていない。

「紺乃美、わかるかな？」

今度は紺乃美に訊いてみる。紺乃美は感じているのか、鼻をすんすんと鳴らしながら、口をもごもごと動かした。なにやら困っているようだが、それを見抜いた瑠璃がそっと助け船を出す。

「紺乃美、ご主人様が訊いておられるわ……わかるわよね？」

「は、はい……ご主人さまぁ。こにょみわかりますう……そ、そこはあ……えと……しょ、しょーいんしぃん……ですぅ……」

幼い少女に卑猥《ひわい》な言葉を言わせている。興奮の電撃が背骨を伝い、脳幹で弾けた。

紺乃美の舌っ足らずさが余計に、行ないの淫靡《いんび》さを強める。佑一はそのぷにぷにと弾力豊かに指先にからみつく小陰唇の襞を指先でゆっくりと縁取るように動かす。

「あん……ご主人さまぁ……あう……なぞったら、こにょみ……変になっちゃう！」

「ああ、アッ……ごぉ……主人様っ……ああ、優しく……あぁっ……優しく、お願いします……っ」

少女たちの甘くうわずった声が重なる。そして、小陰唇が伸縮をしたかと思うと、膣粘膜全体がなにかを絞りだすような複雑な動きを見せ、愛液をどろっとこぼした。

（ああ、熱い……それにしても、瑠璃と紺乃美がこんなえっちな体液を漏らすような身体になっちゃったなんて……）

指先にまとわりつく、女液の熱さが神経を疼かせ、じっとりと蒸らす。

そして佑一の視線は充血してひろがった粘膜の上、ひくつく尿道の近くにある、ぷっくりとした突起物に向かう。

「アッ、ご主人様!!」

敏感な部分へ愛液をぬりこめられて、瑠璃の細い身体がぴくりと跳ねた。

「きゃう……ごひゅじんさまあ……！」

紺乃美も佑一の体にしがみついて、目もとを羞恥の炎に火照《ほて》らせる。

「やっぱりここは感じちゃうんだ」

知識でしか知らなかったが、やっぱりここは女性にとっては一番の快感地点に変わりはないみたいだ。

「は、はいぃ……そうです……ご主人様……はあ……ああっ……く、クリトリスです……そこは敏感なところで、あんまり強くいじらないでくださいね……す、すごく感じすぎる分、乱暴にされるととても痛くて……ひぃあん！」

佑一は勃起した陰核をそっと爪弾いた。

「これぐらいの力の強さでいいのかな？」

瑠璃は瞳に涙の粒を浮かべながら、うなずいた。あまりに感じすぎてしゃべれないようだ。刺激すればするほどに指を押しあげて、肉芽は充血の具合を強くしてくる。

「ああぁっ……ご主人様ッ……強いです……アァッ……そんなに強く扱かれたら……あああん……ゆっくり、ゆっくりお願いします……っ！」

「ご主人さまっ……ああん……こにょみ、痺れちゃうぅ……びりびりしちゃうの！」

二人の楚々としたメイドは「うぅン、うぁンっ」とよがり泣きをこぼす。

佑一の部屋を少女たちの甘酸っぱい芳香が満たしていく。

そして佑一の陰茎も高ぶりを強め、少女たちの快感の嬌声《きょうせい》を聞くたびにしごきたくてたまらなくなってくる。

(むずむずしてきた……ああ……さっき、中途半端に終わっちゃったからな……)

メイドたちの陰部をいじっているだけなのに、ペニスは激しくしなって、鈴口から先走りをしぶかせて、肉竿をどろどろにしていた。

佑一はもう我慢できず、二人の陰部から指先を離した。

「ふあ、ぅン、ご主人様……ッ」

「ああん……ごひゅじんさまぁん!」

「紺乃美っ! もう我慢できないんだっ……頼む……しゃ、しゃぶってくれえッ」

「はぁい、ごひゅじんさまぁ、お任せくださいっ」

紺乃美は快感に瞳を潤ませて、そのささやかな口で亀頭へとしゃぶりつく。

「はうっ!」

先走りだらけになった肉茎が、再び熱くとろけた幼いメイドの口腔に包みこまれる。

快美電流が体の芯を揺さぶった。

「ご主人様っ……」

紺乃美の口唇愛撫に顔を呆けさせていると、両頬をつかまれて、ぐいっと瑠璃のほうへと戻された。メイド長の眼差しは発情の熱気に妖しく輝く。

「ご主人様、お願いですから、私の乳首さっきみたいにカリカリッて噛んでください。……なんだか、私、さっきのすごくき、気持ちよくなっちゃって。私のおっぱいはご主人様のものですから、どうかいっぱいいじって、ぐちゃぐちゃにしてくださいぃ！」

頭をつかまれた佑一はそのまま、発酵《はっこう》したばかりのパン生地のようなふくらみに顔を埋めさせられる。乳肌はほんのりと汗をかいて、濃厚な甘酸っぱさに包まれていた。

（いっぱい味わってやる！）

佑一はもがきながらも、まるで動物の子が探りさぐり、母親の乳首を吸うように、唇で乳首を探してそれを一気に含んだ。

「くふぁあ……ご、ご主人様ぁ……あうぅ」

口腔いっぱいに果汁グミのような甘酸っぱい歯応えを感じながら、手のひらで瑠璃の太腿をまさぐる。太腿の半ばまで覆う、白いストッキングごしのぷりぷりと手に馴染んでくる感触を楽しむ。

「ふぁあぁん！　ご主人様ぁ……ああ、そこが私の乳首ですっ！」

快感に悦びの声をあげる瑠璃。洗いたてのロングヘアが波を打つ。さっきまでの清《せい》楚《そ》で、仕事のできるメイドとは思えないほどの淫らさだ。

「んぢゅ……ぢゅるる……ぢゅぱ……んんふ……ンフッ……ンンッ……」

佑一はメイド長の期待に応え、口をすぼめるだけではなく、舌を使い、口のなかでたっぷりと乳首を転がした。乳首をいじり、胸をこねまわすたび、瑠璃は「アアッ」とお上品な顔のまま淫らな嬌声《きようせい》をこぼす。背筋まで粟立たせ、それでもなお、自分のほうからふっくらとした乳房をぐいぐいと少年に押しつけてくるのだ。

一方紺乃美はツインテールをふりふり、口のまわりを先走りでべちょべちょにしながらも、亀頭を一生懸命に舌で磨いている。

「んちゅ……ちゅぱ……ペロペロ……んぢゅぅぅ……はあぁ……うぅん」

少年のなかで射精のボルテージが急上昇し、まるでそれを我慢して、岩にかじりつくように、瑠璃の乳房をこねまわす手に力がこもった。乳肉は手でこねればこねるほど、ほぐれてやわらかくなり、しっとりと甘い香りをにじませた。

体温もますます高くなって、今にもとろけてしまいそうだ。

「ご主人様ッ、感じて……もうイキそうなんですね……いいです……イってください

……紺乃美、いっぱい舐めて、ご主人様を気持ちよくしてさしあげるのよ」

瑠璃は乳房ごしに伝わってくる佑一の唇の震えに歓喜する。

「ふわい……んちゅ……ちゅぱ……ずずずずずずッ!!」

紺乃美は先走りを吸いあげるように頬をへこませた。その瞬間、佑一の頭のなかで快感が電撃になってスパークする。

「んちゅ！　ンッ、ぢゅ……んふっ……むふぅう……んむっ、ンッ、ンッ、ンンッ！」

紺乃美は頭を上下させて、ペニスをしごく。小さな口を一生懸命にひろげて、艶めかしく亀頭を刺激した。

（も、もうダメだ……我慢できないっ！）

充血した海綿体の尿道に、生殖液が流れこむ。そしてそれは一度もとまることなく、怒濤《どとう》の勢いで昇りつめ、臨界点を突破しようとしていた。

「で、でうぅぅ……!?」

佑一はその瞬間、瑠璃の乳首を噛みしめ、全身がブルブルと震えて腰が暴れた。そして激しい放射感が次々と、痙攣《けいれん》する海綿体のなかを突き抜けていく。

「ご主人さまぁ……あん……ウゥンンンンンンンンン……！」

体がばらばらになってしまいそうな放出感に、佑一はおとがいを反らした。

「アアアアアッ……ご主人様、乳首……んんつううぅぅ!!」

瑠璃が軽く身体をのけ反らせ、あられもない声をあげた。

「ああ、う、うぅ……で、出ちゃったあ……」

義妹メイドたちに包まれ、射精してしまったことに佑一は軽い自己嫌悪を味わいながらも、長い射精感になにも考えられなかった。自慰とは比べものにならない、オルガスムスを体感して、全身は汗でびっちょりだ。

「あぁぁ……ご主人さまぁ、とぅってもねばねばぁ……」

紺乃美は少し黄色っぽい精液を、頭からかぶっていた。

「あぁ……紺乃美、ご、ごめん……えっと、だ、大丈夫か……？」

「紺乃美ったら、ご主人様の気持ちいいお汁をいっぱい浴びちゃったんだ……いいな……私だって、お兄様の精液……欲しかったのに……」

「え、瑠璃、今なんか言った？」

「あ、いえ……なんでもありません、ご主人様。そ、それより紺乃美のことをっ」

佑一は紺乃美の細い肩をつかみ、揺する。すると紺乃美は顔をあげた。

その時の表情は舌っ足らずで子供っぽいその口調とは裏腹な、とても色っぽい『女』の顔をしていた。頬は上気し、小さくささやくほどの声で「はぁぁはぁぁ」と艶めかしい吐息《といき》をこぼす。

「ご主人さまぁ……お兄ちゃぁん……こにょみ、変なのう。なんだか、身体が熱くて……お、おまたの奥がむずむずしてきて……それにい……こにょみ、こにょみぃお漏らしまでしちゃってえ……」

紺乃美は今にも泣きだしてしまいそうな顔を見せる。

たしかに、無地のパンツにはじっとりとひろがった染みがあった。そしてかすかに湿ったえっちな匂いも。

（紺乃美、俺のを舐めて感じてたんだ……）

今まで女性との経験はない佑一だが、持っている知識を考え合わせるとやっぱり間違いないだろうという結論が出る。

「……紺乃美それは病気じゃないの……うーん。時間が経てばたぶんおさまるだろうけど、それまで結構我慢しなくちゃいけないんだけどできる？」

少女は今にも涙を浮かべそうなほど瞳をうるうるさせながら首を振った。

さらに両足をさっきから閉じ合わせ、もじもじとしきりに擦りつけてもいる。皮膚同士のこすれる音に混じり、クチュ、クチュッといやらしい粘液音までした。

「そう……それじゃやっぱり仕方ないわね……」

瑠璃はふうと少し困ったようにため息をつくと、佑一のほうを見る。

「ご主人様、申しわけありません……どうか、妹の疼きを抑えるために協力してください。本来なら、使用人間の問題は内々に解決しなくてはいけません。でも、このような場合はどうにも私では……」

瑠璃に頼まれるまでもなく、佑一としては紺乃美を放っておく気はない。

「俺にできることがあるなら協力するよっ」

「ありがとうございます、それなら……ご主人様、妹とエッチしてあげてください」

「え……っ」

「え、じゃないですっ。これは今の紺乃美を助けるためでもありますし、ご主人様のためでもあるんですから」

すごいことをさらりと言う瑠璃に、佑一は仰天する。まさか妹とエッチしろなんて言われるとは思わなかった。いや、ほんのちょっぴり頭の隅っこで考えてはいたが、まさかそんなことを頼むわけはないと決めつけていたのだ。

「うぇ、あ、でもっ……俺たちは」

「ご主人様」

少し強い口調でメイド長が佑一を見る。

「どうして私たちがメイドとして、ご主人様にお仕えするのかわかってますか？」

佑一はわからない、と首を振った。

言われてみれば、そうだ。たしかに月見家では次期当主に世話係をつける、という伝統が残っている。それにしても、女性三人もそろってメイドがつくなんてことは珍しい。ちなみに父、大五郎の世話係は今現在の執事総取締役の永井《ながい》というカクシャクとした初老の男性だ。

「ご主人様は女の方が苦手、なんですよね……お義父さんから聞いております。お義父さんはそれを憂《うれ》いておられました。将来女性と付き合う時が来る。そんな時に女性が苦手では支障を起こることになる、と……」

どうして少女たちがメイドとして戻ってきたのか、ようやくそこで合点がいった。

つまり、幼い頃親しかった柊家の面々の力を借りて、女性が苦手という弱点を克服しろというのだろう。しかし佑一は決して女性を毛嫌いしているわけではない。

高校でも、今通っている大学でも女友達はいる。

ただ、二人っきりになることに苦手意識があるのだ。昔から佑一は月見財閥《つきみざいばつ》の御曹司《おんぞうし》ということでパーティーに連れまわされ、そこで何度となく月見財閥との政略結婚の糸口をつかもうという新興実業家連中の娘たちと付き合わされる羽目になった。

佑一は幼い頃からつづいた経験ですっかり、女性と二人っきりになることに辟易《へきえき》するようになってしまい、今の今まで異性と付き合ったことはおろか、手をつないだこともないのだ。

「ちょっと待って。それはわかったけど……どうしてそれがエッチすることにつながるんだ?」

瑠璃がもじもじと身体をくねらせる。

「それは簡単なことです。……女性の苦手意識を克服する。そのためには女の子がどういう身体なのか、女性がどういう物の考え方をするのかをよく知る必要があるんです……さっきのような前戯では上っつらしかわかりません。だからこそ女性の奥深いところまで知ることのできるエッチは大切なんです。それに、紺乃美のむずむずはエッチをしなければ治りませんからっ」

メイド長はすうと息を吐いて、また吸う。

「でも。だからといって無理強《むりじ》いはできません……メイドとして、ご主人様に逆らうことはできませんから……」

瑠璃はしつこく食いさがることもなく、あまりにあっけなく引きさがった。しかしその表情は曇《くも》っている。

「そう、ですか……妹ではご不満、ですか。お兄様は妹の私たちでは物足りないとおっしゃるのですね……」

佑一の煮えきらぬ態度に瑠璃はうつ向く。

「わかりました。ご主人様がそうおっしゃるなら、無理強いはできません。紺乃美には我慢してもらいましょう……ごめんね、紺乃美……でもなんとかがんばるのよ」

「う……ぅ……ご主人様ぁはぁ、こにょみとエッチするのイヤなの……？」

「わからないわ……でも、私たちはメイドだから、ご主人様にお願いはできても、強制することはできないの……わかってるでしょ」

そんな姉妹同士の話を聞かされては佑一にはもうどうしようもない。少年の罪悪感をつんつんと刺激する瑠璃の言葉に、少年は立ちあがった。

「ああもうわかったよ。でも俺……は、はじめてだから……うまくできるかわからないからなっ」

「「やったあー！」」

義妹メイド姉妹は飛びあがらんばかりに喜んだ。

「さあ、紺乃美、気を楽にしてるのよ……」

「う、うん……」紺乃美はおずおずとうなずきながら、スカートを持ちあげた。

少女の身体のなかにある小さな心臓は今にも破裂寸前に鼓動を刻んだ。身体は熱いし、なによりお腹の奥ではズキズキとした疼きが強くなっている。

それでもさっきのご奉仕でかけられた佑一の精液の香りを嗅ぐと、不思議と安心できる気がした。

（こにょみ、お兄ちゃんとえっちできるんだ……）

考えるだけで、胸が高鳴った。

「さあ紺乃美。パンツを脱いで……」

瑠璃に言われた通り、パンツを脱ぐ。すると、ねばついた体液が糸を引いた。

メイド制服のボタンもはずして、胸の部分を前開きにする。事前にブラジャーをつけていなかったせいか、すぐにささやかなふくらみが現われた。乳房の表面にはびっしりと汗の粒が浮かびあがって、ツンと胸の先端が尖《とが》っていた。

（ああ、こにょみのおっぱいツンツンしてる……お兄ちゃん、こにょみみたいにおっぱい、ちっちゃくても、いいの、かな……？）

佑一は表情が硬く、少し緊張しているように見えた。

「紺乃美、最初はちょっと痛いかもしれないけど、我慢するのよ。ご主人様のはじめて、をもらえるんだから」

紺乃美の身体を支えるように、瑠璃が背後から抱きしめてくれる。

すると佑一も「痛かったら言ってくれ。すぐにやめるから」と言ってくれた。

「さ、ご主人様……ここに入れてくださいね……」

瑠璃の手が、紺乃美のひっそりと息づいた秘裂に伸びた。その近くにはまだふくらみの薄い肉丘があって、産毛《うぶげ》ほどの恥毛しか生えていなかった。

そっと割れ目を開いてくれる。ねちゃ、とえっちなおつゆの音がした。

「ふふ。紺乃美ったら、すごいたくさんの愛液……。ご主人様とエッチできるのがうれしいみたい」

「ほんとにいっぱい……こにょみ、すごくえっちなのかな……。ご主人さまはあ、エッチなメイドは、好きぃ？」

「うん、大好きだよ」

佑一が猛々《たけだけ》しいペニスをつかみ、それを瑠璃によって開かれた割れ目へあてがう。

その瞬間、火傷《やけど》するかと思うほどの熱さに、「ひゃあ」と思わず喉が鳴った。

「大丈夫？　紺乃美。痛い……？」

佑一が心配そうに顔を覗いてくれる。

「うん……。ご主人さまぁのおちん×んが、熱くて……びっくりしちゃったのう」

「ふふ、紺乃美ったら。それじゃご主人様、ゆっくり入れてください」

瑠璃の言葉に従って、佑一がゆっくりと腰を進めてくる。その時、キリッとおへそを針でつつかれるような痛みが走った。紺乃美は顔をしかめる。

一方、後ろからだっこするように紺乃美を支えてくれている瑠璃が、末妹の胸をゆっくりといじりはじめる。

「紺乃美、我慢して。紺乃美は今ご主人様とエッチしてるんだよ、少しぐらい痛いのは我慢できるよね？」

「ああん……お姉ちゃぁん……おっぱい、もみもみ気持ちいいよう」

つんと勃起した乳首をくりくりっと指で刺激されると、むず痒い感覚と一緒に甘い刺激が全身にひろがる。そうすると佑一のペニスが入ってくるたびお腹をぐいっと押される圧迫感が和らいでくる気がした。

「こ、紺乃美のなかすごく狭い……あぁっ……！」

「うぅん……ああ……ご主人さまぁ……ああ、す、すごいぃ……うぅん」

佑一の亀頭の半ばぐらいが入ると、瑠璃は指先で押しひろげていた紺乃美の秘孔から手を離した。手が離れてもそれは亀頭にひろげられてぽっかり開いたままだ。今までこんなにひろがったのを見たことがないから、すごいエッチな気がした。

「よ、よし……いくぞ、紺乃美ッ」

佑一が腰に力を入れるのが、先っぽだけ入った亀頭を伝って身体のなかに押し寄せてくる。すると急に恐怖心が湧いてきた。正体のわからない恐怖感だ。

佑一は大好きだ。昔から大好き。頭はいいし、格好いい。自慢のお兄ちゃんだ。それなのに、そんな大大大好きなお兄ちゃんの体が、これ以上身体に入ってくるのが、なんだかわけもわからず怖かった。

「……大丈夫だよ」

「ふぇえ……？」

ふらふらとさまよっていた紺乃美の手をぐいっとつかんで、佑一が言ってくれる。

「お、お兄ちゃん……あっ、ご主人さまぁ」

涙がこぼれる。すぐ近くにお兄ちゃんも、お姉ちゃんもいてくれているのにどこかさびしかった心が、佑一からの「大丈夫」のひと言であっという間に吹き飛んだ。

「いいのよ、紺乃美。今はお兄ちゃんって言っても……」

「うぅ、お兄ちゃん……き、きてぇ……こにょみはだいじょうぶだからぁ」

佑一の顔が近くなった。そう思った次の瞬間。ぐいっと身体のなかを押しひろげる感覚に、一瞬息ができなくなる。身体が裂けちゃいそうな勢いだ。お腹のなかがとても熱かった。火傷《やけど》しちゃいそうだった。身体のなかで火がめらめら燃えているみたい。

「ああ、お、お兄ちゃぁん……こにょみ、こにょみぃぃ……あ、あぁあうぅッ！」

身体のなかで風船が割れた。そんな感じだった。お兄ちゃんの体がまた近づいてきて、そうかと思ったらいきなりぱちん、ってお腹でなにかが弾けた。

「がんばったわね、紺乃美。ご主人様にはじめてをあげられたんだよ、よかったね」

「あ、こにょみのなかから赤いの出てるぅ……」

三分の一ほど露出した佑一のペニスの茎をたどって、赤いものがつーっと流れた。

「破瓜《はか》だよ……紺乃美のはじめてをあげられた証拠だよ……」

佑一のたくましい感触が、お腹いっぱいに埋めつくされていた。

「よかったあっ……こにょみね、お兄ちゃんとちゃんとエッチできたんだね」

眠たくなった。どうして急に眠たくなっちゃったんだろうと思う暇もなかった。

まぶたが重たくなって、身体から力が抜けて、眠たくなっちゃったの……。

「あーあー、紺乃美ったら」

こてんと目をつむってしまった紺乃美の姿に、思わず笑ってしまう。

「る、瑠璃……紺乃美どうしたんだ……あ、まさか、俺のやり方が悪くて……？」

「違います、ご主人様。紺乃美ったらご主人様との初エッチで緊張して、あれでエッチが終わったって思ったから、緊張の糸が切れちゃったんです」

佑一はできるだけ紺乃美に負担をかけないよう注意を払いながら、そろそろと勃起を引き抜いた。ぬちゅぬちゅと破瓜血と粘膜とがこすれ合って、淫らな音が出た。まだ高ぶったままのそれは末妹の破瓜血を吸ってまだらに汚れる。

「ご主人様……じゃあ、次は私の番ですよ」

「え……わ、私の番って……？」

瑠璃は紺乃美を危なくないように離した位置に寝かせると、おもむろに立ちあがる。そしてスカートを持ちあげた。光沢のある白のショーツはすっかりぐちゃぐちゃになっている。今下着をはずしたら、奥からどんどんえっちなお汁がこぼれてきそうだ。

「……瑠璃も……俺がはじめてでいいんだなっ」

佑一はもうどうやっても逃れられないことを知ったのだろう。真剣な目で、瑠璃を見つめて言ってくる。その覇気《はき》のこもった、力強い声に、少女の心臓はわしづかまれるようにキュンとなった。

「二人まとめて面倒見てやる。だって俺専属のメイドなんだろ？」

佑一はそう言うと立ち膝になり、瑠璃のショーツをそっと脱がす。下着はするすると脱げて、片足首に引っかかってとまった。

「瑠璃も、紺乃美のこと言えないな。もうヌレヌレだ」

ねっとりと水飴《みずあめ》のような愛液がこぽこぽと泡立ちながらこぼれでた。

「うぅ……ご主人様、そんな恥ずかしいこといわないで……」

瑠璃の秘所はすでに愛液にまみれて、いやらしいぐらいヌラヌラしていた。

ヴィーナスの丘に萌《も》えている毛も濃密だ。それだけに割れ目からのぞく、サーモンピンクの粘膜の鮮やかさが際立つ。さっきのなにも刺激を受けていなかった時の清楚《せいそ》なスリットが今では嘘のよう。

「くんくん……やっぱ、えっちな匂いがする」

佑一はこれ見よがしに鼻孔を寄せて、小鼻をふくらませた。その瞬間、羞恥心が勢いよく放たれた矢のように子宮に刺さった気がした。お腹の奥がじんわりと灼ける。

「い、いやです、ご主人様ぁっ」

佑一はハハハと笑うと、後ろから抱きしめてくれる。そして背中にまわされた手がゆっくりとお尻を揉んでくる。それだけで全身がぞくぞくして、総毛立つ。

「あ……あぁ……ご主人様の手……い、いやら……しぃ……ふぅぅん……！」

興奮と不安が入り混じりながら、これを紺乃美は克服したのだと言い聞かせる。

「なんとなく紺乃美ので、要領わかったから」

「ひゃあっ！」

尻たぶをぺたぺたさわっていたと思ったら、いきなり力をこめられる。そのままわしづかみにされて、佑一の膝の上に座らせられる。

「いくぞ……」

「ご主人様、あのその。……今だけお兄様って呼んでも許していただけますか？　紺乃美には内緒ですけれど……」

はじめてを捧げる時はメイドとしてではなく、瑠璃としていたかった。

佑一はもちろんとうなずいてくれる。

そして瑠璃のおっぱいをたっぷりとした動きで揉んでくる。

「ンッ……アアァッ……あうぅン……お兄様ぁ」

重々しく揺れる乳房。それが佑一の手の上で、肉感豊かにたぷったぷっと弾む。吐息《といき》がうわずってきて、子宮が熱くなった。愛液が流れる感触までわかるほど全身が敏感になる。頭までぽうっと熱に浮かされはじめた。

愛液が泡立ちながら秘所から溢れ、佑一の下半身を濡らす。

「おにい、さまぁ……もう、そろそろ……お、お願い……」

佑一はうなずき、そしてさっきより反りをきつくした勃起を、秘所へ押しつけてきた。粘膜同士がこすれ合い、「アアッ」と声がこぼれる。たった一瞬のことだったのに、すごい快感に背中が粟立つ。

「一気にやったほうがいいんだよな」

秘所に圧迫感を感じながら、それがさらに押し入ってくる感触。さらに奥へ。

亀頭が粘膜をこするたびに、頭がぴりぴりと痺れた。お腹のなかがうごめくような感覚と一緒に、佑一が苦しそうな顔をした。粘膜が、異性のたくましいものの気配を感じ取ってきゅうと締まる。

「くうぅ、すごい……瑠璃のおま×こ、すげえからみついて……まだ入り口なのに」

「きてえ、お兄様っ！」

腰を押しこむ力強さと同時に、ズンッとお腹に圧迫感を感じた。

「ふあああぁぁぁぁぁ……ッ」

ビリビリと処女膜を引き裂く感覚と一緒に、腰椎に違和感が生まれる。まるで火にかざしたように、快感神経がどんどん赤く、熱を帯びていく。真っ赤に灼けて、爛《ただ》れていくみたい。

「アアアアッ……ああ……ア、ンッ……はあぁ……お、お兄様ぁッ……きたぁの」

昔から面倒を見てくれて、一緒に遊んでくれた佑一の肉体に同調していく。

長女として妹たちの面倒を見なければならなかった少女にとって、素直に甘えられる年上の少年の存在は今も昔も変わらず大きかった。

（ああ、よかった……。私、ご主人様……お兄様に、は、はじめてあげられたあ……）

憧憬以上に、恋心をさえ抱いていた少年に処女を捧げられたことが、今まで佑一のためにとしてきたどんな務めよりも、うれしかった。胸の奥がむず痒くなってくる。

「ぜ、全部……は、入ったぞ……うぅッ」

「いっぱい……ああ……私……い、痛くないよ……」

佑一の勃起は根元まで押し入っていた。お腹がひきつるような圧迫感と、心が震えるような満足感が心と肉体を結びつける。破瓜《はか》混じりの愛液が溢れ、それと一緒に意識が確かになって、媚肉全体がウズウズしてきた。

「う、動くぞ……っ」

「は、はい……お兄様……ああ、おにいひゃぁまぅンッ」

佑一は探りさぐりなぎごちない動きだが、確かな男の力で強く奥を抉《えぐ》ってくる。子宮へズンッと食いこんでくるたびに、愉悦の電流が背骨を通ってほとばしった。

「ああ……すごい……お兄様の、す、すごく、おっきいの！」

ヌチュッ、ズチュッと淫靡《いんび》な音と一緒に媚肉が攪拌《かくはん》され、お尻にかけられた手に力がこもる。すると膣肉が外側から圧迫されて狭くなり、よりいっそう佑一の肉砲身を実感できた。子宮が熱を帯びて、愛液が沸き立つ。びりびりと全身がひきつった。

「瑠璃ぃ……んちゅぅぅ」

佑一が片方の乳首を含む。コリコリの乳首をしゃぶられるだけで快感が増幅された。

「ひゃぁ……ああ、お兄様……！」

メイド制服を振り乱し、少年のお腹を本気汁でベトベトにしながら瑠璃は嬌声《きょうせい》をあげた。甘く噛まれるよりも、強く噛まれるほうが官能がよりとろける。

情欲の炎が身体のなかで火柱《ひばしら》になって、長女としてメイド長としてがんばらなければという理性を燃やして、ただの女の子に変えていく。

全部を義兄へ、義兄へ――と集中できた。

「すごいっ……くぅぅぅ……瑠璃のなかすごく締まって。ダメだ……このままじゃ、すぐイッちゃいそうだッ……！」

瑠璃は眼鏡がずり落ちそうになるのもかまわず、佑一の激しいピストン運動に振りまわされるがままになった。ズブズブと奥を抉られ、愛液を絞り取られる。快感が渦を巻いて、心を揺さぶる。

と、その時。不意に、「こにょみも手伝う～」と間延びした声がした。

「こ、紺乃美、起きたの？　ああん……あ、ど、どうしたの、なにをするの、紺乃美？　ダメっ、今、お兄様とエッチしてるのに……そんなことしちゃ、アン……お兄様のだけで気持ちよくなれない！」

兄との蜜月を邪魔され、瑠璃は思わずあどけない声を出してしまう。

「さっきはお姉ちゃんが手伝ってくれたから……今度はこにょみもやるのう」

言うなり、紺乃美は佑一が吸いついているのとは反対の乳首に吸いついてきた。敏感な場所を噛まれ、びりりと背筋に電流が走る。佑一と、紺乃美の噛み方の強弱が快感の波を演出する。

「いや、ダメ……こ、紺乃美っ……ダメ、お願いよ、今はダメぇ……！」

「ぺろぺろ……ちゅうぅ……ちゅる……おねえひゃん、あせいっぴゃーいだよぉう？」

紺乃美は乳房をいじるだけでなく、首筋や耳の裏をペロペロと舐めてくる。

「あ、いや……だめ……くすぐ……くすぐったくて……ひいッ、ひいんッ」

瑠璃はくすぐったいのに弱かった。しかし普段はただ苦手なくすぐったさが、今はすぐに官能と結びついた。感情が高ぶり、呼吸が難しいほど感じて喘ぎがとまらない。

「いや、許して……アアッ……ダメ、そんなにされたら、私、も、もうぅッ……」

快感の疼きがじんじんと大きくなり、佑一のペニスを受けとめていた膣全体に官能の炎が燃えひろがっていく。

「ううう、すごい、し、締めつけて……も、もう俺……ダメだッ……！」

最後のストロークだとばかりに激しく子宮口を突きあげてくる勢いに、瑠璃の相が真っ赤に火照《ほて》り、膣肉がどろどろにとろけていく。

「あ、あぁ、お兄さまぁぁぁぁぁ！」

紺乃美は自分でも膣肉が激しく蠕動《ぜんどう》し、地下水が湧きでるかのように愛液が怒濤《どとう》のように溢れだすのがわかった。

少年のペニスが膣いっぱいにひろがったのを感じたのもつかの間。

「くうううう、瑠璃いいいいいい……！」

ひと呼吸おいて、少女の肉穴いっぱいに灼熱感が炸裂する。

「アアアッ……ああッ……熱いのくるぅ……奥にッ……いっぱい……すごいこれ、コレ……すごい……ああ、お兄様の精液……ああ、いっぱい……ヒイイイ!!」

瑠璃の頭のなかが真っ赤なベールに包まれ、オルガスムスの強烈な波にさらわれる。全身が言うことをきかない。筋肉が勝手にひきつり、ロングヘアが悶え震えた。

（ああ、全然射精……おさまらないっ）

絶頂痙攣《けいれん》する女肉に何回にも分けておびただしく発射される精液。ドクン、ドクンと身体に響くほどの衝撃で放出されるスペルマが最奥を何度も叩く。

子宮が焼きごてを押されたように燃えあがる。全身が汗みどろになって、瑠璃はため息を何度もついた。

「ああ……いや、すごいの……いっぱい……でて……お兄様……ご主人様っ……気持ちよかった……？」

「う、うん……すごく……うん……よ、よかった……はあ……うぅ……」

瑠璃は眼鏡がずれたのも気にすることなく、甘い愉悦の波間に漂った。

（なんか、今日はかなりすごかったなあ……）

佑一は天井を見ながらぼうっとしていた。今日一日で童貞を卒業して、そのうえ、義妹二人の処女を奪ってしまったのだ。

そして今、そんな義妹たちを両側にして、佑一は寝つけないでいる。あまりに興奮の度合いが強すぎたのだ。

「ごひゅじんひゃまぁ……うぅ……んっ……」

紺乃美が小さく寝返りを打って、佑一にぴったりくっついてくる。

少年は苦笑しながら、瑠璃のほうを見る。瑠璃は佑一のことをじいっと見ていたようで、急に振り向いた少年に驚いて顔を真っ赤にした。

「お、お見苦しいところをお見せして、ご、ごめんなさい……お兄様」

やっぱりはじめてで、いきなり絶頂してしまったことを気に病《や》んでいるようだ。

佑一は気にしてないと言う代わりに、瑠璃の顔をそっと撫でた。

メイド長はくすぐったそうに目を細める。

「あ、ご主人様……」

「え？」

いきなり起きあがった瑠璃はその場に正座した。なにをするのかと思うと、佑一に手招きまでする。少年は紺乃美を起こさないように、少女のほうに行く。

「頭乗せてください」

瑠璃はぽんぽんと自分の膝を叩いてみせた。

「それって、膝枕……っ。い、いいよ、そんなっ……」

「いいえ。これもメイドの務めです……あと――」

「あと……？」

佑一は瑠璃を見あげた。瑠璃はほんのり頬を赤らめる。

「好きな人のために女の子はなにかしたいものなんです……だから、あの……」

「うぅ……」

佑一は頬をかきながら、頭を膝へと乗せた。視線を向けると、目の前いっぱいにさっきまでたくさん手のひらでこねまわしていた乳果実が今にも落ちてきそうに迫る。

「……やっぱり照れるな」

「メイドのお戯《たわむ》れだと思って付き合ってくださいっ」

と、ふと頭に碧のことが浮かんできた。彼女は姉と妹が、佑一の部屋に来ていることを知ってるのだろうか。

「……女の人とエッチした時に他の女の子のことは考えてはいけません、ご主人様」

「義妹のことでも？」

「妹のことでも、です。あと碧のことですけど……おそらく大丈夫だと思います。私たち、部屋は別々ですから……。あ、でももし知ったらやきもち焼くと思います」

佑一はやきもちを焼く碧のことを考え、想像できなくて小首をかしげた。

するとメイド長はやわらかく笑う。

「私はいっつも見てますよ。あの子、ぷりぷりしてます」

「え、いつも？　うーん……親しい人の前でしか見せないのかな」

ぷっと瑠璃が小さく吹きだした。口を押さえても、そのささやかに伏せられたまつ毛にはきらめくものが見えた。

「そんなに笑うことはないと思うけど」

「ふふ……ごめんなさい。なんだかご主人様と碧ってなんとなく似てるって思って」

俺はあそこまで怒りっぽくないぞ、と反論する。

「そう、ですね。ご主人様はあんなに怒ってばかりじゃありませんよね。今のはただなんとなくですから聞き流してください……さ、明日も大学でしたよね。さ、おやすみなさいませ、ご主人様っ」

前髪をそっとさわる感触が心地よかった。

「うん、おやすみ……」

目をつむる。瑠璃の膝の感触がやわらかく、佑一はすぐに眠りにいざなわれた。

碧　お尻でもなんでも犯しなさいよッ！

月見家の時計はなにがあっても狂うことがない。

それはやっぱり、毎日それを管理するメイドたちの働きのたまものだ。

しかし今日はさすがに、その時間の正確さが佑一にはつらかった。

昨夜のエッチで、結局寝たのは深夜の二時のはずだ。しかしメイド長の瑠璃はもちろん、紺乃美も清々《すがすが》しい顔をして少年をいつもの時間通りに起こした。

「ご主人様、お食事できていますよ」

メイド長に先導され、紺乃美に手を引っ張られる。二人とも昨夜エッチしたとは思えないほど、いつもの調子で自然に親しんでくる。

佑一としてはもうちょっと意識してもいいんじゃないかなと思ってしまう。

（うーん……昨日俺二人の処女もらっちゃったのは夢だったのか？）

あるいは、二人にとってはそれほどショッキングというか、大事件というほどでもないのだろうか。いや、それはないだろう、と佑一は自分に言い聞かせるように自答した。


「おはよう碧」

朝食をとるダイニングに来ると、碧が食事皿やグラスを並べているところだった。

「おはようございます」と普通のトーンで、一度も目を合わさずに返事が来る。

佑一はちらりと碧の様子をうかがう。相変わらず佑一には笑顔を一滴もたらしてはくれない無表情で、てきぱきと仕事をこなしていく。

（そうだよな……碧、まさか俺が昨日瑠璃と紺乃美とエッチしたこと気づいてるわけじゃないよな……っていうか、あんまり他人に興味がないのか……？）

それとも実は昨夜姉と妹の行動に不審な点を持ちながら、あえて触れないだけだろうか。

「碧ったら。ご主人様を起こすのはあなたの仕事よ。そこまで意地を張ってるとご主人様に嫌われちゃうわよ」

「姉さん、どうして、私がこいつに好かれるような行動をとらなきゃいけないのよっ……ホラ、早く食べないと遅刻するでしょ」

碧はさっさとテーブルセッティングをすませてしまうと、これで自分の仕事は終わりだとばかりに壁際に寄る。

佑一が席に着くと、瑠璃と紺乃美は碧と同じように佑一の後ろの壁際に控える。

メイドたちは起きてからすでにこの家に関する仕事をはじめていて、簡単な朝食をとっているから、朝食は佑一ひとりだけで取る。

メニューはカフェオレとクロワッサン。朝、あまり食欲のない佑一に配慮した比較的軽めの品揃えだ。

クロワッサンはもちろん紺乃美によって今朝焼かれたばかりで、手に持っただけで、さくさくした歯応えや、甘みが口いっぱいにひろがってくるようだ。

少年はパンの香ばしい香りに、カフェオレの甘さを堪能しながら、少し寝ぼけて食事をとりはじめる。

クロワッサンはバスケットいっぱいにつめこまれていて、そこから小さめのやつを三つ皿に取る。

「失礼ぃたしまぁすう」

鳥の声みたいに軽やかな紺乃美の声。小さな手に持たれていたナプキンが、さっと佑一の膝に乗せられる。

「じゃあ、紺乃美。いただきます」

佑一がクロワッサンをかかげるようにして見せる。

そしてクロワッサンに歯を立てた瞬間に、サクサクッといい音が奏でられた。

クロワッサンは外側はさっくりとしていながら、なかはモチモチしていて小麦の甘さがそこにはたっぷりと、密に閉じこめられていた。

そしてカフェオレはそのパンの甘みをいっそう持ちあげる引き立て役だ。それでいてさっぱりとして、口のなかにずうっと濃厚な甘みが残るのを和らげてくれる。

（相変わらず紺乃美の料理はうまい……うぅ……それにしても眠い……）

その時、佑一は突然、後頭部に衝撃を受けた。

「のわあぁ!?」

飲んでいたカフェオレを膝にこぼしてしまう。しかしそれは事前に敷いていたナプキンがすっかり吸収してくれる。

「こら！」

バチンと小気味いい音が鳴り、佑一の寝ぼけた神経が一拍遅れて刺激を伝える。

「お前、あくびしながら食べるな。それは紺乃美が一生懸命作ったんだぞ。ひと口ひと口、しっかり味わいながら食べろッ」

碧の声で目が完全に覚めた。

「碧っ。メイドたる者が、いえそれより、女性としてそんな簡単に手をあげるなんて……それにちゃんとご主人様って言いなさい！」

「姉さんっ。だってこいつが紺乃美の料理をふざけた顔して食べるから」

「それでもご主人様をこいつ、だなんて言ってはダメ、絶対」

メイド長がいつになく怒りの色を表情に乗せながら、声を大きくした。

碧は瑠璃の使用人をとりまとめるメイド長としての顔に怯《ひる》んだ。

「……うぅ、ごぉ主人様、味わって食えぇ……」

瑠璃は深いため息をついた。

そんな姉妹のやりとりを背に、佑一はクロワッサンの最後のひとつと、カフェオレの最後のひと口でお腹を満たし終える。


カバンを確認して、忘れ物がないことをチェックする。

時計を見る。大学までは三十分とかからないから、今行けばちょうどいい。

「それじゃ、行ってくるよ」

「ああ、ご主人さまぁ、待ってくださぃ～！」

紺乃美がぴょんぴょんと飛び跳ねるようにやってくる。

その手に提《さ》げているのはランチクロスにくるまれたお弁当だ。

大学の昼食用に持っていくお弁当は、料理担当の紺乃美が用意することになっている。大学には学生食堂があるから、お弁当はいらないのだが。

しかし紺乃美のお弁当の味は学生食堂の安いだけの食事とは違う、と佑一の友人たちがこぞって欲しがる垂涎《すいぜん》ものなのだ。

「いつもありがとう、紺乃美《ゆ》」

綺麗にツインテールに結わえられた髪を撫でてあげる。

「えへへへ～」

紺乃美は少し顎をあげ、太陽に向かって生き生きと伸びる植物のようにそっと背伸びをすると、くすぐったそうに目を細めてみせた。

「ご主人様っ。今日のお帰りはどうなりますか？」

元気な紺乃美の後ろから、落ち着き払った瑠璃がついてくる。

「今日は遅くはならないと思うけど……うん、なにか用事が入ったら連絡するから」

「それじゃあ」と言って佑一が踵《きびす》をかえすと、瑠璃から待ったがかかった。

「今、碧を呼びますから」

「いいよ、今日は。……なんか結局、今朝も変なことになっちゃったし」

佑一の身辺のお世話を担当する碧は、いつも大学までついてきている。佑一は恥ずかしいからと一度は断ったが、「これがメイドとしての仕事です。なにかがあってからでは遅いんです」と瑠璃から強く言われたことがあった。

碧はメイドだから、メイド長たる瑠璃にお見送りを命じられればいやいやであろうが従う。これまでがそうだ。でもその間の道程を考えると、それだけで気が滅入ってしまいそうになる。

だが、そんなことを考える一方で、もしかしたらちゃんと二人っきりになれば、それほど険悪なムードにならないのではないかとも考えている。事実、さすがの碧も屋敷内でのような粗暴なことは、お見送りの時にはしない。

「ご主人様までそんなことを言っては困ります。本当なら私が……お兄様のお見送りお出迎えをしたいんだから……」

「え？」

「い、いえ……なんでも……なんでもないです」

メイド長はほんのりと頬を赤らめた。

「とにかくっ、そうやって二人でいつまでも顔を突き合わせるたびにケンカなんてしていたら本当にダメになっちゃいますよ？」

「それはわかるんだけど……」

佑一の姿に、ふんとメイド長は鼻を鳴らした。

「……それでは私より少しヒントを。……ご主人様、碧が怒っているのはご主人様が男で、碧が女だからなんですよ」

碧が女で、佑一が男だから怒る……？

「どういうこと？」

「ふふ、あとはご自分で考えてください」

メイド長がはぐらかして笑う。すると、

「姉さん呼んだ？」

そこへ不機嫌な碧、ご登場。

「碧、くれぐれもご主人様を殴ってはダメよ。それとちゃんとご主人様って言うこと」

「わかってるわよ。姉さん、私だってちゃんとできるわよ、それぐらい。ご主人様でしょ。ご主人様ご主人様ご主人様ぁあああああ〜」

碧はわずらわしそうに手を振った。

「それではご主人様いってらっしゃいませっ」

体を折り曲げ、深々と頭をさげる少女を尻目に、佑一はすぐ後ろについてくる碧の無表情ぶりにたまらなく不安を刺激されるのだった。

朝の通学路。駅までの道のり。

佑一と碧の間に横たわっているのは、重苦しい沈黙。

碧は佑一の後ろを黙々とついてくる。歩くたびに胸もとのリボンのワンポイントがぴょんぴょん跳ねる。流線を描いて作りあげられた女の子らしい身体を連想させる碧のメイド服姿は、周囲の男性諸氏の視線をがっちりつかんで放さないようだ。

しかし佑一はついに沈黙に耐えきれなくなった。このまま無言で、駅まで見送られ、それで「ハイ、さようなら」ではあまりに情けない。

そんなのはいやだった。久しぶりに再会したかわいい義妹たちだ。わだかまりがあるのなら、しっかりと解決したい。

それならなにを話そうか。ファッション？　大学のこと？　いろいろ考えた挙げ句。

一番無難そうな身内ネタに決定する。

「碧たち……すごいよなあ」

いきなりの佑一の言葉に、碧が肩をぴくっと動かした。その瞳には突然なにを言いだすのかという警戒の色がにじむ。

「い、いや……だってさ、いっつも同じ時間に起きて、すぐに仕事だろ？　俺にはとても真似《まね》できないよ。そもそも俺、朝すごく弱いし。そこら辺からしてダメだよなあ」

「……そりゃメイドだもの。当然でしょ」

話のふくらんでいく気配を察して、「やった」と佑一は小さくガッツポーズ。

「でも。今日は姉さんも紺乃美もおかしかった……。なんだか眠たそうだった。紺乃美なんて、半分眠りながらクロワッサン焼いてる感じだったし……」

思わず足がとまった。

「そ、そうかな……？　俺には普通に見えたけど……」

「あんたが起きてた時にはもう大丈夫だったから。でも朝礼の時はひどかったの」

「ふ、ふーん……そうなんだ……」

「そう。それになんだか二人して、思いだし笑いもしてたし……おおかた、二人で遅くまでテレビでも観てたのね。まったく……」

（そっか、よかった。やっぱり二人にとって昨日のことはなんでもないことじゃなかったんだ）

実は瑠璃も紺乃美も昨夜の、佑一とのことをいい思い出として認識してくれていたようだ。きっとメイドとしてあまりそういうことを表に出すのは不謹慎だ、とでも思ってわざとそういうそぶりを見せなかったに違いない。

「それに顔もちょっとむくんでて………風邪《かぜ》、かな…………うーん、でも仕事のこなし方はいつも通りだったし……」

原因は俺だよ、とは口が裂けても言えない。とりあえず佑一は「どうなんだろうね」と相づちを打っておくことにした。

それから会話はとぎれることなく、一応つづいた。

駅舎が見えてくる。会社員たちの群れもさっきまでの道とは段違いに増えていた。

佑一は何気なく薬局のウィンドウを見た。そこには最近テレビCMで流れているアイドルを起用した生理痛薬の、広告が貼りつけられている。

CMの終わりに、「ぽんぴーん」とそのアイドルが言うやつだ。

その時だ。

(そ、そうか!)

佑一の頭のなかでなにかが弾けた。そして思い浮かんだのは、そういうわけかと充分納得できる答えだった。そう、まさにそれこそ、ひらめきの効果音。ぽんぴーん。

そう、それはさっきの瑠璃のひと言だ。

——碧が怒っているのは、佑一が男で碧が女だから。

つまり怒りの原因は、女の子の特別な日であるにもかかわらず、佑一がなんの気も使わなかったからだ。きっと瑠璃はそれを伝えたかったに違いない。いや、絶対そうだ。

「碧っ」

「な、なによ、急に大声出して……」

突然佑一に近づかれて、碧はほんのりと頬を赤らめていた。

「ごめん、本当にごめんっ!」

「なによ、いきなり……謝って……き、気持ち悪いわね」

それでも少女には、肩にかけられた少年の手を振り払う素ぶりは見られなかった。

その代わり、碧は少年と距離を取ろうとする。それでも佑一は一向にかまわない。

数年前と同じ、仲良しこよしの関係に戻るまでもう五分とかからないだろうから。

「アレの日、だったんだろ……？　だから今まで不機嫌だったんだよな」

関係修復のためとはいえ、やっぱり話していて恥ずかしかった。

「…………は？」

碧の声が少しうわずる。図星の証拠だろう。

「いや、だから、そういう日でつらかったんだよなって」

「そういう日って……な、なによ……なに言ってるの？」

「だーかーら……生理、だよ」佑一はつぶやき、そして声を少し大きくした。

「そうだよな。だって、前はそんなんじゃなかったもんな……うん、うん……だから、男の俺ももう少し気を使うように心がけるよ。ゴメン、俺……一人っ子だろ？　碧たちとも、数年ぶりに再会したわけだし。生理っていうモンに疎《うと》くて……でも、うんうん。これで」

全部元通り、だろ？

佑一は碧の顔色をうかがおうとする。するとぶつぶつと、碧の小さな声が聞こえた。

「な、なに、なにが、うんうんよ……」

声が震えていた。それはなにか、得たいの知れない大きなパワーの膨張を思わせる。

「え、あ、碧……？」

佑一は、碧からの鋭い視線に胸を射抜かれるような思いで、たたらを踏んだ。

「あおい、さん……？」

「最っっっ低っっっっっ！」

パーン。

風船が割れたかのような勢いのある炸裂音。

勢いよく放たれた碧のビンタが頬を直撃。

佑一は女性とは思えない、力強いビンタを受けてよたつく。じんじんと頬が痛い。まるで火傷《やけど》でも負ってしまったかのように、手でさわってみると鈍く痛んだ。

「なにするんだよッ」

「なにするんだよ、じゃないっ、なによなんなのよ、その思考回路。朝っぱらからなんて言葉連呼してくれてんのよ！　脳味噌腐ってるんじゃない!?　シナプス燃えつきてるんじゃない!?」

「ま、待て、碧っ、シナプスは記憶だぞ、記憶！」

「うるさいそういうこと言ってんじゃないわよっ、て……ちょうど、駅、着いたから……私帰る。お前はもう帰ってくるな、あほう！　くそ！　死ね、ご主人様ッ!!」

碧は、ミニスカートをひるがえらせ、佑一からどんどん遠ざかっていく。

スレンダーで引き締まった手足を力いっぱい動かして走る、碧はなかなかの俊足だった。あっという間に少年の視界から消えてしまう。

会社員やら女子高生やらが、朝から女性にビンタを食らった少年をじろじろ見ながら通り過ぎていく。

(もしかして……違ったのか。そういうのじゃなかったのか!)

全身から力がどっと抜ける。

(じゃあ、もうどうしてあんなに俺を嫌うんだ……?)

考えてもまったくわからない。はじめて屋敷に来た時もたしかに、瑠璃や紺乃美ほどベタベタとしてくることはなかった。それでも目が合えば今よりずっとていねいに、優しく接してくれていたはずだ。

呆然としている佑一の背後で、乗るべき電車が駅内に入ってきた。


「く、っはああ……」

佑一は手ですくったお湯を顔へぶっかけ、重々しいため息をついた。

風呂場の高い天井に、声が反響する。

一人では広すぎるほどの大浴場というべき代物で半身浴しながら、少年は何度もお湯を手ですくっては顔いっぱいに浴びせた。何度も何度も……。

それはまさに修行僧のようであった（お湯だから、苦行とは言えないが）。

それもこれも、全部自業自得。

佑一は今朝の突拍子もなく、それでいて完全に的をはずしていたと思われる自分の言葉を思いだし、頬を赤らめ、また修行僧の真似事にふけりだす。

そして終《しま》いに、髪の毛をかきむしり、

「俺ってやつはああああ！　なんって馬鹿なんだあああああああああああ!!」

馬鹿みたいに吠《ほ》えて、それがまた風呂場に反響して、耳をふさぐ見事な錯乱ぶり。

結局、講義もそっちのけで碧への償いをどうしようかと考えた挙げ句、佑一は駅前にある最近テレビで紹介された大人気のケーキを、大行列に巻きこまれながら購入して帰宅した。

しかし碧は無言（でもケーキは食べた！）。彼女に近づこうという素ぶりを見せただけで、駄犬を眺めるような蔑《さげす》みの視線をぶつけられてしまう。

（たしかに俺も悪い……いや、今回は全面的に悪いんだけど……）

それは今考えると、たとえ碧の機嫌の悪さの源がそれにあったとしても、触れてはいけないことだったのだ。相手は思春期の女の子なのだ。それをすっかり、昔から知っているという気安さで、女性の禁域に軽い気分で踏み入れてしまった。

「あー……ダメだぁ、わかんない！」

佑一は悔恨の声をもらし、浴槽から出た。湯船につかっていても埒《らち》が明かない。体を洗おうと、バスチェアに座った瞬間、水滴がつき放題で湿っていたらしく、バスチェアの冷たさがさびしくお尻に染みた。

「ご主人様、お体のほうはもう洗ってしまわれましたか？」

瑠璃の声がした。反射的に「まだだけど」と応じると、扉が無遠慮に開かれる。

「る、瑠璃!?　碧まで……っ？」

浴場に入ってきたのは瑠璃と碧の二人だった。

それも二人とも水着姿。瑠璃はオフホワイトのワンピースタイプで、碧が水色ビキニだ。しかし碧のほうは、佑一なんかに肌を見せることをあまり快く思っていないらしく瑠璃の背中に隠れていた。

こうしてあらためて二人の伸びやか肢体を比べると、瑠璃のほうが全体的にふっくらとして肉づきがよく色白だ。碧の身体はスレンダーでほっそりとして引き締まっているわりに、胸部や臀部で女性らしい美麗曲線が際立ち、肌の色も焼けている。

「ご主人様、お背中流しに参りました」

チャームポイントの縁なし眼鏡姿の瑠璃は、自分の水着姿なんてなんでもないという自然な様子で近づいてくる。ワンピースの水着は肉感豊かな瑠璃の身体を覆うにはサイズが合っていないのか、胸を押しあげるたわわな胸果実に生地全体が引っ張られ、陰部の逆三角形の食いこみが激しく、生々しい。さらに何気ない歩きの振動が水着全体に伝わるだけで股間部がくんくんと小さく痙攣《けいれん》するように揺れた。そして今にも弾けそうな太腿がむっちりと絞りだされている。いつもはゆったりとしたメイド制服に隠された、立派に早熟した大人の女性の肢体がそこにあった。

そして碧だ。彼女のスレンダーな体格には、スポーティーなビキニ水着はぴったりだった。ショートカットという活動的で凛《りん》とした雰囲気にもマッチしている。そしてなにより切れ長のおへそを隠すこともなく、バストを包みこむハーフカップの水着生地はぷるんぷるんと弾む乳房をやっとこさ支えて、今にも表面張力からあふれんばかり。下半身もまた上半身と同じように引き締まっていながら、大人の女性としての成長を感じさせた。子供のようにどこか硬く、骨張った感じと、大人の女性のむちむちとしたやわらかさが同居していて、アンバランス感があるものの、それがまた碧という少女の健康的な色香を強めているように思えた。

「ご主人様？　どうかされました？」

瑠璃が屈んで、不思議そうに佑一を見てくる。ワンピースの水着の脇から今にもこぼれ落ちんばかりに実った乳房が水着のなかで楕円形につぶれ、さらに股間の食いこみの具合まではっきりと見てとれて、少年はごくりと生唾を呑んでしまう。

「あ、い、いや……な、なんでもない、ぞ……？」

　まさか水着に見とれていたとは言えない。瑠璃一人ならともかく、碧もいるのだ。変なことを言ったら碧はすぐにここから出ていってしまうだろう。

「はい、ご主人様、じゃあ洗いますよ？」

　瑠璃の笑顔に、佑一は思わずうなずいた。


「どこか痒いところがあったら言ってくださいね、ご主人様」

　瑠璃の上機嫌な声と一緒に、ごしごしとスポンジが二の腕を洗っていく。

　彼女の発育良好なバストがたぷんたぷんと二の腕に触れて弾む。その弾力は水風船のように瑞々《みずみず》しい。水着の薄い生地では隠しきれないとろけるようなやわらかさと接触するたびに、佑一の全身の血管は絶え間なく膨張した。

　背中でも碧の手によってタオルがごしごしと動かされている。力の強弱がうまく行き届き、肩にかけられた彼女の手の繊細さと、水分を含んで吸いつく細かいキメの触感はため息ものだ。

「どうです、ご主人様？」

「すごく気持ちいいよ……こういうのも学校で習ったの？」

「もちろん。ご主人様を常に健康的、清潔な環境を提供するのも当然の務めです」

「それ、メイド鉄之五箇条？」

「いいえ。こんな基礎中の基礎はわざわざ五箇条に列する必要はありません……はい、腕は終わりです。じゃあ、今度は胸、いきますね」

「いいよ、そこまではっ」

佑一は思わず身を引いた。胸を洗われると、なんだかそのまま危ないところまで洗われてしまいそうな予感がしたのだ。

「だめですよ、ご主人様」

瑠璃は優しくほほ笑んで、胸を洗いはじめた。くすぐったさに身をよじる。

「前は……自分で……やるから、んっ……」

佑一は胸をついた甘美な疼痛に唇を噛み、声を殺した。瑠璃がひそかに乳首を指先でつまんできたのだ。小さく電気の弾ける感覚が走る。

「いいんですよ、ご主人様。身を全部、私に任せてくださ い……メイド鉄之五箇条〝第三条決して主の御手を煩《わずら》わせること勿《なか》れ〟です……」

瑠璃は艶のある笑みを浮かべると、乳首を集中的にぐりぐりといじってきた。

「うぅ……だ、め……瑠璃、乳首は……あッ……」

さっきまで感じていた体がびくっとなるほどの感覚はないが、乳首は確実に刺激に反応して勃起した。全身が熱く火照《ほて》り、乳首の先っぽがひりひりしてきた。そして瑠璃はそれをわかっていて、乳首をコリコリと押しつぶして、こねくりまわしてくる。

（や、やばい……そんなに乳首ばっかり集中的になんてっ……）

男も乳首で感じてしまうという驚きと、後ろには碧がいるという緊張感。確実に高まっていく性感で背徳感に頭がぼうっとしてきた。

「あうううぅっ！」

突然、背筋に電流が走った。なんとタオルによって隠された股間を、瑠璃がぎゅっと握りしめていたのだ。

「なにやってんだ、瑠璃……うぅん」

佑一は碧のほうをちらちら見ながら、瑠璃に抗議する。

「ここもキレイにしますよ、ご主人様。ここが不潔だと大変な病気になっちゃうから」

艶めかしく、ミルクでできているような甘露な指先が雁首を磨くように擦りつけられ、亀頭を甘噛みするように爪がその表面をすべる。

「そこは自分で……は、あぅう……！」

手にはシャンプーがまぶされ、摩擦抵抗をほとんど無視して、にゅむにゅむと軽やかに肉竿が刺激される。思春期の敏感な海綿体に不規則な快感が微弱なパルスとなって、浸透していく。

「る、瑠璃ぃ……」

瑠璃の身体の肉体線を水着が浮かびあがらせ、生々しい乳房が柔和に揺れている。

ぴたんぴたんと乳房同士がぶつかり合っていやらしい音をたてた。

（すごい。瑠璃のおっぱい、やっぱりでかい……うぅ、水着が窮屈なせいで余計にエッチに見えるっ）

「どうですご主人様、ここなんか気持ちいいでしょ？」

「だ、め……そこ、感じる……っ」

どうやら瑠璃は昨夜のしごきで、すっかり佑一の感じるところを理解してしまったみたいだ。指の動きはどれもこれも的確で、男根はあっという間に弓形に勃起させられてしまう。

さらに瑠璃は上半身を近づける。はちきれんばかりの乳肉が楕円につぶれるほど勢いよく佑一の胸板へ押しつけられる。

（うわ、瑠璃の乳首、もうコリコリだ……）

身体の曲線が浮かびあがったワンピースを押しあげる、二つの不自然すぎるほどの突起。その硬さとグミのような反発力に背筋がとろけそうだ。

（ああ、す、すぐ後ろに碧がいるのに、なんでわざとそんな激しく！）

竿部分だけでなく、陰嚢《いんのう》が瑠璃の生クリームのようなやわらかい手に包みこまれる。

血液が流れこんで普段以上に敏感になったそこに汗ばんだ手が吸いつき、揉まれた。

佑一の頭のなかはのぼせる一歩手前ほどに熱で浮かされる。

「気持ちいい場所、どんどん言ってください。ご主人様の気持ちいいっていう顔、見ているだけで、メイドは……妹っていうのは幸せなんですから」

シャンプーの泡立ちが亀頭の鈴口や、カリの隙間に塗りつけられ、全身が灼けていく。呼吸も声もうわずり、年下の少女からいいように扱われてしまう被虐感さえ、今は興奮を高める格好のスパイスになった。

「る、り……も、や、やめぇ……っ」

瑠璃のしごきの速度は上昇し、やがてしなやかな指先が雁首を弾いた。

（やばい……碧が後ろにいるのに……俺、我慢しなきゃいけないのに……）

顔全体を冷や汗でべとべとさせながら耐えようとする佑一。しかし腹筋は少しでも力を入れるだけで疼き、この我慢している状態が逆に理性をむしばむ。

そこへ最後の一押しとばかりに、瑠璃が指のお腹で勢いよく鈴口を圧迫してきた。

尿道がきゅっとひきつり、玉袋が灼けた鉄球のように熱を帯びる。

「くぅぅう！」

体の底が抜けて、ありとあらゆるものが一気に溢れかえるような、放出感が尿道を猛烈な勢いで駆けあがる。

「あ、あ、あぁぁぁ……!!」

碧の気配を背中に感じた状態のまま、佑一は瑠璃の手のなかへと激しく射精する。放出の瞬間、全身が弾けるような解放感に襲われ、理性もなにもかも手放してしまう。ドクン、ドクンッ。射精衝動が心臓の鼓動に合わせるようにつづき、やがて収束する。

「いっぱい出ましたね、ご主人様……すごくドクドクって出てますよ……」

瑠璃がねばつく精液を指先にからませながら、いやらしく笑った。

「とろとろで熱くてとーってもうれしいです……ありがとうございます、ご主人様ぁ」

甘くささやくメイド長の声が、煮えたつ意識に響いた。妹の手のなかでこうもあっけなく果てたことへの羞恥が少年の体をあぶり、おさまりきっていない欲求をさらに高めた。

(だ、出しちゃった……ああ、でも……声、抑えたし……なんとか、碧には気づかれなかった……？)

「うぅっ」

ちらりと碧のほうを振り向いて、佑一は言葉を失った。碧は頬を上気させながら、驚愕の表情を顔一面に貼りつけていた。

「あ、あ、あぉ……碧……こ、これはっ……」

もっと早く気がつけばよかったのだ。すでに彼女の、背中を洗う手をかなり前からとめられていたのだ。碧は、その愛らしい猫のような瞳を見開いたまま硬直していた。

「碧。ご主人様の、もうこんなになっちゃってるの……」

瑠璃がなんでもないというように佑一の股間を覆っていた布を取り去れば、白い精液で亀頭をぬるぬるにした勃起の偉容が飛びだす。

「う！」碧の短い悲鳴。

「碧……ご主人様のものがこんなに大きくなってしまっているのよ……メイドとして、ご主人様を気持ちよくしてあげなくてはいけないと」

驚きに強《こわ》ばっていた少女の顔がハッとなった。

「そ、そんなのダメよ！　姉さんの清い身体をこ、こんなヤツにあげるなんて！」

碧は、姉がすでに佑一に純潔を捧げていることを知らない。

「碧、ご主人様のためならどんな犠牲もいとわないのがメイド。でも、碧はしたくないでしょ……私は……お兄様、ご主人様のためだったの」

瑠璃は恥ずかしそうに頬を紅潮させ、上目づかいに佑一を見やる。

少年は昨夜の出来事が頭に浮かび、全身の血管が沸騰するような感覚を覚えた。

「だ、だ……だったら……」

碧は身体を小刻みに揺らす。

「だったら、私がやるわよ！　姉さんがやることないっ！　私がするわよ、わ、私が……あの、その……お、お……お、お尻で!!」

「お尻って……あなた、碧……!」

さすがの瑠璃も口を覆って驚嘆した。

(お尻って……あ、あのお尻! ヒップか!?)

佑一は言葉を失い、ぽかんとした。しかし一番驚いているのは誰であろう碧本人だ。

今さら、自分の口走った言葉の意味に気づいたように、顔を羞恥に燃やしていた。

「なによ! 知ってるのよ、お、女の人はお尻でもそういうことできるんでしょ!?」

碧はまわりの見せたぽかんとした反応に戸惑ったのか、目をきょろきょろとさせた。

そしてどんどんその顔は険しくなっていく。

「あ、あんた、ごー……ご、ご主人様はやりたいの、やりたくないの!? どっちよ!」

実際、お尻の穴という禁断の場所で交わるという行為に、興味はあった。

「これはあくまで姉さんの代わりだから! 姉さんが……お、お前……ご、ご主人様の、その変なもんで汚されたくないからっ。ほら、するんでしょ!」

碧は壁に手をつくと、少年へヒップを突きだした。水着がぎゅっと引っ張られて、会陰《えいん》から秘裂にかけてのラインに皺が寄る。

(ほ、本当にするのか……? いや、しても本当にいいのか!?)

佑一は突きだされた碧の引き締まりながらも、ボリュームのあるヒップに釘づけにされる。

（碧は、俺が瑠璃とエッチしたことを知らないんだよな）

「な、なにじーっと見てるのよ、は、早くやるんなら早くしなさいよっ！」

碧は羞恥心と不安を吹き飛ばすように声を張りあげた。

「本当に、いいんだな……ほんとうにっ」

佑一は一度の射精では、びくともしなかった肉竿を握る。そこは第一射目を終え、すでに期待にふくらんで、精液を押し流すほどに先触れの粘液をこぼしていた。

「い、いいって言ってるでしょうっ……ほら、やるなら早く……わ、私だって……は、恥ずかしいんだからね！　こんなこと、ほんとうはやりたくなんかないんだから」

少し勢いをなくした声で、碧は言う。

「よ、よしっ」

佑一はおもむろに水着に指を引っかけ、横へとずらす。尻たぶの片方がぷるんとこぼれ、お尻の割れ目、そしてくすんだ尻穴が目に飛びこんできた。そこには小さな穴が、放射線状にひろがった皺に囲まれていた。かすかにひくひくとおちょぼ口のような排泄《はいせつ》孔はひくつく。

佑一は、ハチの腰みたいに美しくくびれたウェストをつかんだ。そして勃起をお尻の穴へ押しつける。

「あぁぅ……」メイド少女は圧迫感から低くうなった。

佑一の脳裏に不安がよぎる。

この矮小な排泄穴は、果たして本当に野太いペニスを呑みこめるのだろうか。たとえ挿入できたとしても、それはただの苦痛しか生まないのではないか。

「ああっ……熱い……くうぅ……こ、こら……なにしてるの、よっ……入れるならさっさと入れなさいようっ」

碧は顔を真っ赤にして、表情全体を強ばらせる。前傾姿勢で今にも倒れてしまいそうだ。それを瑠璃が、妹の両手をつかんで支える。まるで赤んぼうの歩行訓練をするみたいに。

「そんないきなり入れられるわけないだろうっ……こうやって……くぅ……滑りよくすれば少しは楽になるだろうが」

佑一は精液の残滓《ざんし》や、碧のヒップのガーゼのようなやわらかさを感じて漏れる我慢汁を、菊穴へ丹念にすりこんでいく。

「くぅ……や、やめて。そんなき、気色悪いの……ぬ、塗りつけ……んひいッ！」

碧は何度か小さく身体を反らせながら、「うぅん、うっ……んん」と鼻にかかった色っぽい声をもらす。

碧から文句を浴びせられながらも、懇切ていねいに塗りつけていくと、最初はかたくなだった腸穴がだんだんとふやけていくのが、目に見えてわかった。

(ようし……これならなんとかなりそうだぞ)

強ばっていた尻穴の硬さがふやけて、亀頭への吸着感が深まる。

「ああ……っ、碧い、入れる……入れるからなっ！」

(俺、碧とエッチするんだよな。……それも、お尻の穴でっ)

「さっさと来なさいよう！」

少女は歯を食いしばり、目をぎゅっと固くつむった。


「あぁ……うぅ……ん、ンっ……！」

碧は自分の喉を突くいやらしい女の声に全身が鳥肌立つのを感じた。

(うそ、私……こんないやらしい声出すなんてぇっ……)

尾骨がきりきりと軋《きし》む。佑一のとてもたくましく、野太いものが入ってきたのだと少女は認識した。姉の手を握っている自分の手がどんどん汗ばみ、力が勝手に入ってしまう。

「我慢しないで呼吸しろ……そのほうが今より楽かもしれないぞ」

「う、うる……うる、さ、いぃ……！」

少年の声に、心細い気持ちを励まされながらも、碧はそれを突っぱねるように声をあげた。少年はウェストを抱え直し、ぐいっと下腹を少女のお尻へと押しつけてくる。

「あああぁ……奥ぅ……入るぅ……ウウウッ！」

お腹が入り口から奥にかけてだんだんとひろげられる拡張の実感に、目の奥で星が飛び交う。尻穴がくりぬかれ、背骨から脳髄に向かって電流が流れた。すさまじい圧迫感が粘膜を刺激して、お腹へ違和感が流れこんでくる。

「ああ……あっ……うぅっ……うウンッ」

うまく呼吸ができず、何度も息をつまらせ、軽くむせながら呼気をつなぐ。

体温があがっていくのが実感でき、全身が玉の汗でぬるぬるになる。それがお風呂の蒸気のせいなのか、それとも神経が興奮しているせいなのか、少女にはどちらかわからなかった。とにかく一刻も早く終わらせてしまいたかった。

(どうして……うぅ……私、こんなこと……それも、お尻でしようなんて言っちゃったのよう！)

自責の念に駆られながらも、未踏の肛肉は力強い抽送を浴びて敏感に蠢動する。

「アッ、アアッ、あぁぅぅ……うぅン！」

しかし、姉のうらやましそうな顔を見た瞬間、自分だけが佑一の体を受け入れていることへの優越感が胸からこみあげてきた。

姉と佑一がエッチしてしまう、今さっきそんな雰囲気を感じ取った碧の胸にこみあげてきた強烈なほどのやるせなさと、悔しさ、切なさがまるで癒されるよう。

（なにを考えてるのよ、私はっ……私は佑一なんて好きじゃないし、これは仕方なくやってるのよっ）

碧は自分でも不可解な感情を無理矢理に抑えこんだ。

少女は自分のなかに佑一を慕う感情があるなんてことを認めたくなかった。自分はもうとっくに、佑一なんか大嫌いになったはずだった。佑一にもそういう態度を見せたし、自分でもそういう嫌う態度を見せるよう努めた。それなのにこみあげてくる嫉《しっ》妬《と》の情を抑えきることができなかった。今日だって、瑠璃に佑一の背中を流すのを手伝ってほしいと言われて結局はついてきてしまったのだ。

「よし、ゆっくりい、入れるから……ああ……くう、そんなに締めつけるな、碧ぃ！」

亀頭がアナルを押しひろげ、半ばまで入っている。ゆっくりとゆっくりと、直腸粘膜内を佑一のペニスが移動するのがわかった。爪先から頭の先までが粟立つ。血液の流れが速くなり、下腹部が尿意にも似たむず痒さに包まれる。

「締めつけ……だなんて……私、そんな……こと、し、して、な、いぃ……あうぅッ」

佑一の言葉と同時に、碧は窒息してしまいそうな苦しさに眉根を寄せた。

アナルが熱く、鈍痛が入り口からお腹の奥深いところにまで響く。

「入る……はいって……ひゃあぁぁぁ！」

ずっぽりと一番大きな亀頭を呑みこみ、あとは簡単に入りこんだ。

「あーっ……はあぁっー……ああ……う、うぅ……ンッ……」

（お腹、重いぃ……ああ、あいつのが私のお腹に……うぅん……ずっしりきてるっ）

狭い穴にずっぽりと勃起が埋めこまれたせいで、アナルが今にも裂けてしまいそうだった。それなのに熱く猛々《たけだけ》しい男性器は粘膜のなかでびくびくと脈打ちつづけているし、碧の尻穴はそれを柔軟に受けとめている。それでも少しでも身じろげば、圧倒的な肉塊の勢いに手足が痺れ、ズキズキと身体が痛んだ。

「どう、碧。ご主人様のおちん×んはどう？」

少しうらやましそうな口調で瑠璃がつぶやく。目もとが潤んでいた。

「こんな……アアッ……最悪に決まってるッ……うぅん……ああぁ……ああ……エッ、ね、姉さん、なに……なにす、するの……ひゃあっ!?」

少女の身体が大きくびくんと跳ねた。瑠璃がそのたわわに実ったおっぱいを、碧のそれへと押しつけてきたのだ。純白のワンピース水着と水色のビキニの胸部とが押し合いへし合いして、ひしゃげ合う。

「い、いやぁ……なんで、お、押さないで……おっぱい、押さないでよ！」

瑠璃のつきたてのお餅のような乳房はすでに興奮で熱を帯び、乳首も硬かった。それが碧の釣鐘形の胸へすり寄せられれば、乳首が水着ごしに摩擦し合って、全身がひきつるほどの悦びが弾けるのだ。

「ああん……もう碧ったらぁ、すっかり成長しちゃってて っ」

静かな官能に身をよじらせる瑠璃は、潤んだ瞳で挑発的に身体をくねらせる。

「こいつの入っちゃうから……奥にきちゃうから……ああッ……姉さん、許して、ダメ……おっぱいで押さないで……いや……いやあ……ああ、き、きちゃうぅうっ」

姉のゴムマリのような弾力感あふれた乳房に押され、碧の身体がぐいっと前に出る。

（いや、お尻に全部入る……あいつの……うぅ……あいつ、の……きちゃうぅ！）

佑一との結合は深まり、それればかりか半ば強引な挿入のために亀頭の先端が何度も、排泄《はいせつ》粘膜を引っかく。そのたびに冷や汗が身体を濡らし、お腹のなかに幾重も疼痛のさざ波が押し寄せた。たくましい肉棒の衝動に全身が痺れ、震えた。

「アァ……あぁっ……うぅん……うむ……あはあぁ……っはぁっ……くぅぅ……き、きつい……お腹、や、やぶれちゃうぅ！」

碧は四肢をいっぱいに突っ張らせ、挿入の衝撃に目を何度もしばたたかせた。

「くうう、ぜ、全部、は、入る、ぞ……おお……おおッ！」

佑一は獣のような声をあげると、最後の一押しは自分の役目だとばかりに、勢いをつけて己《おのれ》の分身を、碧の腸内へ叩きつけてきた。

「ひいいぃいいぃいッ！」

佑一の男根の全容がすべて埋まったその瞬間、少女の目のなかでいくつもの星が散らばった。お尻から首筋にかけて、産毛《うぶげ》がいっせいに逆立った気がした。

「ひ、そ、そこダメ……あひぃいっ！」

ただでさえ男根が全身のつっかえ棒のように挿入されているなか、瑠璃はおもむろに手を伸ばしてノーガードだった秘裂をなぞってきた。すると、なにかが弾けるように急激に陰部が熱を持ちはじめ、気づいた時にはすでに温かい汁をこぼしていた。

「碧……お尻で感じて、あそこ、濡らしちゃってる」

瑠璃がわざとらしく、佑一に聞こえる声で言ってきた。

「いや、さ、さわっちゃダメぇ……いや……ああ、いやあ……どんどん溢れて、とまらなくなっちゃうからっ……姉さん、ダメ……ひっ……ひいっ……ヒッグゥッ」

アナルをほじくられて、全身が敏感になっていた。水着ごしに秘所をなぞられれば、ぬちゅ、くちゅといやらしい粘液の音がしたたる。

敏感な秘所をこすられると、菊穴は勝手に締まり、佑一の男根をより深く感じた。

「碧すごいっ！　お尻で感じちゃうなんて、それもはじめてなのに。……わかる碧？　ご主人様、碧のお尻の穴が気持ちよくて今にも射精しそうな顔してる……うらやましいぞっ」

瑠璃はおっぱいをさらに深くすり寄せ、丹念に乳首同士を擦り合わせてくる。

「あ、あぁぁ……いや、おっぱい……コリコリ……姉さんのこりこりぃ……！」

（私、感じてるの……？　お、お尻で、感じちゃっているの……？）

敏感な粘膜を引っかかれる苦しさはまだ残っているものの、さっきまでの鈍痛はまるで水に溶けるように消えていた。

「……碧、ごめん、俺……もう我慢できない……くぅう……う、動くよっ！」

「ああ、う、うぅ……か、勝手にしなさいよ！」

「はぁッ」

佑一が苦しそうな声をあげたかと思えば、少女の直腸をいっぱいにひろげていた逸物が鋭い勢いで出し入れされはじめた。

抽送の衝撃に碧の瞳に涙がにじむ。

内臓を引っかきまわされるような攪拌感《かくはんかん》が身体を襲う。男根のひろがったエラが粘膜を抉《えぐ》る。引き抜かれる時には強烈な排泄感が括約筋を緊張させ、陰部が燃えあがって、愛液が溢れておさまらない。そしてそのまま排泄《はいせつ》されるのかと思えば、それは一変して急激な流入感となって内臓全体を揺さぶるのだ。

「ああ、イヤ……ダメ……おかしくなるッ……ひ、ヒイッ……身体……お、おか……おかしくなる！　やめろ……馬鹿……ばかあ……やめて……もう変になるぅ！」

「無理！　ごめんとめられない！　碧のお尻の穴、すげえ締めつけてきて気持ちいいんだ。腰、とまらないんだよッ」

自分で提案したことに少女は息も絶えだえになって煩悶《はんもん》し、よがった。しかし今碧を追いつめようとしているのは腹の立つほどの圧迫感ではなく、官能を燃えあがらせ、アナルでつながっているという倒錯的感情によって呼び起こされる快美。

「お、おかしくな……くうぅ……ああ……いや、ああ……！」

乳首が痺れはじめて、充血してくるのがよくわかった。自分でもびっくりするぐらいに勃起する乳首。それに加え、熱烈に身を寄せてくる瑠璃の乳房が吸いついて、全身の神経が何度も燃える。

「くうう……はうぅ……うぅう、きつつぅうぃぃ……ッ」

さらに陰部をいじる瑠璃の指先も素早さを増した。指は水着の斜めの切れあがりに潜りこみ、溢れる愛液の多さにふやけた肉裂のなかにうずまる。瑠璃の繊細な指が、敏感になった襞肉を疼かせ、ずーんずーんと快感の波動を少女に送ってやまない。

「いやあぁん、ね、姉さん……だ、だめえ……あうぅンッ……そんなにかき混ぜられたら私、わたしぃ……っ」

じゅぶ、ぐちゅりと何度も体液の音が響いて染みが大きくひろがった。碧は前と後ろから同時に責められ、快感の大波に襲われる頼りない小舟のように痙攣《けいれん》する。

全身の細胞が沸騰しそうなほど悦楽に意識を白く濁らせながら、碧は姉が自らの陰部をこねまわしているのを見つけた。

（ああぁ、姉さんオナニーしてる……ああ、姉さんっ）

姉の土手高にふくらんだ水着の股間部分がいやらしく卑猥《ひわい》に濡れていた。むちむちとして豊穣な太腿もぴくぴくと細かく震えている。

（姉さん……も、すごくいやらしくなってる……）

いつもしっかりと自分たちを導いてくれている姉の、甘えた声は新鮮だった。

「アア……おにいさまぁ……あ、ぅン……お兄様んっ……おにいさまあン……っ」

うわごとのように姉のささやきが聞こえた。瑠璃の吐息は熱く、碧のほうが恥ずかしくなってしまうほどに卑猥に響く。

（姉さん、そんなにこんなやつのことが好きなの……？）

瑠璃は自分の乳房と碧の胸とをこすり合わせ、自慰をしながら、義兄との睦《むつ》み合いへ想いを馳《は》せているのだろう。

姉の純粋な姿に胸のなかがかきむしられるような気持ちになったり、そうかと思えば今佑一とエッチしているのは自分なのだと胸を張って誇りたい気持ちになる。

全身が高ぶれば高ぶるほど、碧は自分自身の佑一への気持ちがわからなくなった。

「ひゃあ！」

碧は背中がひきつりそうになる衝撃に、眉を寄せた。

佑一の腰の動きはたくましく、猛烈さを増す。ぱんぱんと身体と体がぶつかり合って乾いた音が響き渡り、粘膜をほじくる艶めかしい音が爆《は》ぜた。

「く、はあぁ……いや、奥ダメ、いっぱい……んっ、あん……うぅん……うっ……お尻ぃ、燃えちゃう、熱い。ヒイイ……ンッ……ンンッ！」

少年のたくましいペニスで突かれ、ほじられるたび、水着からにじむ愛液の量は多くなり、少女のまろやかな太腿をなぞってしたたっていく。碧の水着は水につかってもいないのに蒸気と生汁、愛液でぐっしょりと濡れている。

「ああ、すごい……碧のおっぱいが、私のなかでいっぱい跳ねて……ああ、いや……ひ、ひいいいッ……」

瑠璃の頬も淡く上気する。碧が身体をぐいぐいと押しつけられるのが、メイド長の官能を引きあげていた。

「ひい、いや——大っきぃ!?」

碧が瞬間的にふくれあがった勃起に、目を剝いた。

「あああああ、碧ぃ……も、もう俺出るッ」

佑一が甲高《かんだか》い叫びをあげたかと思えば、最後に菊穴へ己の砲身を根元までズブッと押しこんできた。すさまじい勢いで、粘膜が灼けるほどの体液を放出する。

ドクッと腸内になだれこんできたスペルマが碧のアナルへ激しく叩きつけられ、碧はムチのようにしなやかな上半身を反りかえらせる。

「アアアアッ……いや、いっぱい出てるぅ……熱い……ひいい……熱いッ……灼ける……はあうううぅ、ダメぇ……燃えちゃう」

同時に姉に執拗に刺激されていた秘唇が熱を帯び、やがて水風船が弾けるような衝撃があったかと思えば、一気に愛液が水着を透過してしぶいた。

「ふぅ、うぅうぅ、あぁあああぁ、ご主人サマァぁぁぁぁぁぁぁぁ!!」

嫉妬《しっと》の感情も、佑一を嫌おうという考えもなにもかも関係なく、圧倒的な悦楽の奔流に押し流されてしまう。自分がどんな喘ぎをあげたかもわからない。

涙でにじんだ視界のなかで、姉もまた軽くのけ反っているのがわかった。

「ひいいい……ヒイィイ……っ」

少女の意識は真っ赤に燃えあがり、目の前が白い光に呑みこまれる。

碧の肉体は打ちあげられた魚のように痙攣《けいれん》し、姉の胸に身体全体を埋めるようにしなければ、どうにもならなかった。

「あん……碧ったら……ご主人様のお情けをお尻でいただいてすっかり気持ちよくなったんだ……うらやましいな」

「ひがぅ……ひがっ……うぅ……ンンン！」

碧は涙目になりながら、声をうわずらせて反論する。その間も少女の腸内は激しく蠕動《ぜんどう》して、佑一のペニスをぎりぎりと締めつけ、射精をうながすようにうごめきつづける。

どぷっどぷっ。吐瀉《としや》された精液の熱さが粘膜にどんどん染みこんでくる。

碧は息を喘がせながら身体が宙に浮いているような感覚に襲われた。

やがて腹部を圧迫していた佑一のペニスがしぼんでいく。直腸がまだ小刻みに震えて、碧は深い脱力感に呼気を喘がせた。


「碧、平気か……。あの、ごめん、俺途中で我慢できなくなって……」

佑一は瑠璃のたわわな乳房に顔を埋めた碧の様子をうかがう。

だが彼女はまだ興奮覚めやらぬまま頬を上気させ、ぷいと少年から視線をはずした。

そして立たない足腰を無理矢理に持ちあげ、ふらふらとよろめく。

「おい、碧危ないぞ……痛っ」

支えようとした手を弾かれる。

「さわらないで！　平気よっ別に、こんなの全然……。それと勘違いしないでっ……わ、私は別にあんたのことが好きでこんなことしたんじゃないの……姉さんを汚したくなかったから……」

「碧、あなたはまだそんなことを」

「私……それじゃ、もうあがるわっ……」

碧は姉に引き留められるのを恐れるように、足早に風呂場を出ていってしまう。

妹が脱衣所からもいなくなると、ほうとメイド長は小さなため息をついた。

「……ごめんね、お兄様……」

『ご主人様』と言わないのは、瑠璃が碧のことについて『姉』として謝っている証拠だ。佑一は「なんで、瑠璃が謝るんだよ」とつぶやく。

「妹の失礼――部下《メイド》の無礼は、メイド長の責任ですから」

佑一は苦笑しながら、風呂場から出る。瑠璃もそれに従い、少年がつかもうとしていたタオルを手に取って、佑一の体をぬぐいはじめた。

「んっ……瑠璃？　いいよ、ここまでしなくても……。体ぐらい俺ふけるから」

「ダメです。こんなことぐらい、やらせてください……もうっ、ご主人様は少しメイドのお仕事を取りすぎますっ……」

唇を尖《とが》らせ、抗議してくるメイド長に佑一は「わかった」とうなずき、言われるがままに体を小さく『大』の字に開いて拭きやすいようにしてやる。

瑠璃がそこへふんわりややわらかな、バスタオルを持ってきて佑一の身をぬぐう。佑一はくすぐったさを覚えながら、そのやわらかなぬぐい方に気持ちよさを覚えた。

「そういえば」

水気がふき取られる気持ちよさに、佑一の唇が動く。

ちょうど、胸のところをぬぐっていた瑠璃が上目づかいに少年を見あげた。

「……碧のやつ、よくここに来る気になったな。無理やり瑠璃が連れてきたの？」

手取り足取りの世話を焼かれ、佑一はそんな気恥ずかしさを忘れるように話を振る。

「最初はそのつもりだったのですが。……聞いたら……あっさりオーケイしてしまって。ちょっとビックリしました」

「そ、そっか……そうなんだ」

碧のことはよくわからないが、本当に嫌っている相手にお尻を捧げる真似ができるものだろうか。

（うん、だよな、そうだよな。碧との仲、なんとかなりそうだな……うん、なんたって俺たちはもうエッチした仲なんだからなっ……それも、お尻で！）

佑一は一人ウンウンと何度もうなずいた。まだ時間はたっぷりとある。碧との仲が完全に決裂していない、そのことを実感すると少年の心は温かい安堵《あんど》に包まれた。

しかしなぜかその気持ちはただの安堵というよりも、どこか高鳴りに近かったが、その心の動きの正体を、佑一は理解できない。

「うぅ……」

佑一は頭にぴりっと走った性感を刺激する疼きに、声をうわずらせた。ちょうど、瑠璃が少年の性器をひときわ優しくぬぐった時だった。

「ご主人様……」

丹念に佑一の水気を取ってくれていた瑠璃の手がぴたりととまる。

その声はさっきまでの理性のこもった声ではない。

どこか潤いを帯びた、艶めかしさがあった。

「どうか私にもご主人様にご奉仕させてほしいです……あの。さっきは碧だけしか、ちゃんとご奉仕してないから……」

瑠璃が言いながら、その細くしなやかな指先で、力ない男根を手でさわってくる。

それだけで早くも海綿体には血液がなだれこみ、ぴりぴりと疼いてきた。

「私の身体でご奉仕、させてくれますか……？」

バスタオルごしに感じる、メイド長の指先が亀頭を甘く圧する。

「う、うんっ……！」佑一は鼻を鳴らして快感を訴えた。

その時には、佑一の肉竿はぱんぱんにふくれあがり、きつく反りかえっていた。

「あぁ……もう、こんなに……」

瑠璃はバスタオルを置いて、直接ペニスを握った。たくましい男根はぴくっぴくっと震えながら先端に熱い汁をにじませ、瑠璃の色白の指を熱く汚す。

「私、さっき碧とおっぱいをこすり合わせていて……も、もう……」

彼女のワンピース水着の下腹、その少し下のあたりのいやらしいふくらみはぐっちょりと濡れていた。水着が水分を吸って身体に張りついているせいだろうか、乳房がより大きく絞りだされて今にもはちきれんばかり。

「えっと……奉仕って、な、舐めてくれるの……？」

「い、いいえ……ご主人様のものを私のここで」

瑠璃は水着の股間部分に指を引っかけると、横へずらした。すると一度は貫通した、その秘裂が蜜にまみれながらひくひくしているのがあらわになる。その秘裂をさらに押しひろげて、ぬるぬるになった粘膜の層をさらした。

「ご奉仕させて……おしゃぶりさせていただきたいのです……私のおま×こで。ご主人様、お願いします……やらせてくださいっ」

たしかにさっきの風呂場でのエッチで、瑠璃はかなり感じてしまっていたようだ。ひろげられたラビアから愛蜜がこぼれ、会陰《えいん》をたどり、お尻の狭間《はざま》へと流れる。

「いいんだな、瑠璃、本当にするぞ？」

脱衣所で佑一は、ぎりぎりまで引き絞った弓のように反りかえったペニスを握る。旺盛な性欲は火へ油を注いだかのように燃えあがっていた。

「は、はい……ご主人様ぁ……ああ、私のなかで気持ちよくなってくださいっ」

瑠璃の背中を壁に押しつけ、両足を両脇に抱える。メイド長のずっしりとした甘い重量感が両腕にかかった。肉づきのいい太腿はむちむちしていてよく手のひらへ吸いつく。風呂上がりのせいか、手のひらに吸いついてくる感覚はひとしおだった。

「い、いくぞ……」

ぬかるみへ亀頭をこすりつけるようにして、ズブッ、ズブッと押しこんだ。彼女の濡れた髪がしっとりと潤いのある微香を感じさせる。

「うぅ、あああああっ……すごい……ッ！」

メイド長の女陰は熱く発酵《はっこう》して、亀頭を沈めただけで頭頂から爪先にまで電流が走る。バラの花弁を思わせるような充血した肉襞が挿入直後から、亀頭や竿へねっとりとからみついてくる。

「ああ、あぁぁ……ご、ご主人様の大きくて、たくましいものが……アアァン……奥へ、どんどん入ってく、くるぅッ……」

愛液はすでにおびただしく、それがさらに全身の体温を上昇させた。

「瑠璃のなか、すごくねっとりとしてて、すごく気持ちいい……あうぅう！」

佑一は勃起から全身に染みこんでくる快感に体を震えさせながら、メイド長の息づかいに合わせてぷるんぷるんと震える、乳房をわしづかんだ。

「ひゃうぅぅ！」

肉唇もぎゅうと狭くなって、海綿体が甘噛みされる。疼きは強い快感電流になって、背筋を貫く。襞の一枚一枚がばらばらにうごめいて、海綿体を根元から圧搾する。

「ンッ、んんぁ……アアッ……瑠璃のおっぱい……石鹸《せっけん》の匂いだけじゃないよ……なんか、すごく濃くてエッチな匂い……するっ……」

むんと香る汗香に混じり、鼻の奥にねっとりとからみつく濃厚な体臭。それは陰部を貫き、子宮口を抉《えぐ》れば抉るほどより深みのあるものになった。

佑一は少女の水着に鼻を押しつけて、たっぷりといやらしい香りを味わう。

(どうして同じ人なのに、男と女っていうだけでこんなに違うんだ)

女性のしっとりとして肌理《きめ》の細かい柔肉は、体をくっつけているだけで幸せな気持ちになれた。

「んん……いい匂いだ……なんかすごく気持ちよくなる……」

少し汗ばんだ腕や、脇へ鼻をこすりつける。脇はキイチゴのような甘酸っぱさが濃厚で、一番いやらしい。

「ああ、だ、だめです……そんな、わ、脇なんて……匂いかいではいけません……いや、恥ずかしい、お、お兄様……ああ、ご主人様ぁ、恥ずかしいっ」

佑一はしかし腰の動きをとめることなく、瑠璃の紅潮していく顔を覗き見ながら、脇をペロッと舐めた。

「ひゃううん！」

甘美な声が少女の喉をつく。

「……ほぅら。瑠璃、奉仕してくれるんだろう……おま×こ、お留守になってるぞ」

瑠璃の呼吸が熱を帯び、そして甘酸っぱいほどいやらしくかぐわしくなる。

「はあぁ……ご、ごめんなさい……ひンッ……で、でも、ご主人様が、わ、私の脇の匂いをいきなり嗅いだりするからぁ、いじわるなさるからぁ……ひぃぃあんっ！」

「言いわけはダメっ」

少々意地悪を言いながら、無毛の腋窩《えきか》をさらに舌で味わう。

「んッ……あッ……あうぅ……ああ、そんなに舐めたら……ああ、くすぐったい、ご主人様……ああ、くすぐったいのに、感じてしまいますっ」

熱のこもった、淡い色香を肺いっぱいに吸いこみ、しっかり者の瑠璃のハッとするような色気をいっぱいに絞り取る。

少女の身体が小刻みに震え、愛液にまぎれて本気汁が秘所を生々しく濡らした。

「瑠璃ご奉仕するんだろっ。しっかり俺のものを締めつけないとダメじゃないかっ」

怒った口調で少女の耳もとでささやく。

瑠璃は快感に酔いそうな顔をしながら、うなずいて、なんとか膣孔を締めあげようとする。そこを狙って佑一はさらに激しい腰づかいをした。

「あああぁぁぁ……そんんあ……っはぁっ……され、ては……う、うまく……ああンッ……で、できません……あぁ……ッ！」

ズブッ、ヌチュ、ヌプと抜き差しを繰りかえす。瑠璃の温かい蜜壺が収縮して、ぎゅうと佑一のペニスを容赦《ようしゃ》なく包みこんで、しゃぶってくる。

「メイドだろ、奉仕をうまくやらなきゃダメじゃないか」

柔肉はぐつぐつ煮こんだシチューのように生々しくとろけ、いくつもの舌でしゃぶられているような錯覚を覚えた。襞粘膜をこそぐだけで、今にも全身の細胞が熱くなるような快感が湧きあがる。

「ああ、も、申しわけご、ございません……ああ、ご主人様ぁ！　でも、き、気持ちよすぎて……ご主人様のたくましいものがあまりに気持ちよすぎてしまって」

勃起を使って愛液をかきだし、再び子宮口まで突きあげて膣肉内を攪拌《かくはん》する。

「ああ、いや……あぁ、ご主人様のすごいっ！　あぁ、すごいぃぃ……！」

瑠璃は長い髪を大きく波打たせながら、陽根の勢いに追いたてられる。

(すごい。どんどん引き締めが強くなってきてる……こんな、くうぅ、絞りとられそうだっ！)

襞肉は激しく蠕動《ぜんどう》し、白く濁った蜜汁を噴きだす。少女はあまりの快感に、額《ひたい》に汗を浮かべていた。すでに積極的な姿勢はなく、少年の底なしの力強さに流されている。

「く、くうぅ……ダメだな、メイドのくせに、ちゃんとご奉仕しないなんて！」

腰を打ちつけるたびに、瑠璃の素肌の生々しい吸いつきを感じていた。

「ご主人様申しわけありませぇん……アアアッ……どうかお仕置きを。私に、罰を、く、くださいませぇ！」

荒いピストンを繰りかえすと肉竿が熱く灼けて、佑一は顔をしかめた。あまりの気持ちよさにスラストのおさまりがつかない。

「あっ……ご主人様ぁ、なかに注ぎこんで罰をください！　ちゃんとご奉仕できないメイドに、ご主人様……あ、あぁぁ……お、お兄様……ダメ、ダメエエエ……」

いつも頼りになるメイド長の姿はそこにはない。今は圧倒的な快楽に身も心もとろけさせる一人の従順な少女でしかない。

「いけないメイドだな。しっかりとイクって言わなきゃ許さないからな」

首筋をぺろりと舐めると、少女の首が赤みを増した。さらに乳首を指先で刺激し、時に少し乱暴につねあげる。

「んぁぁあぁああ……つ、つまんでは……ヒイイイッ！」

ズチュ、ヌチュ、ジュブッ。抱えこんでいた瑠璃の足をさらにかき集めるようにして、より深い結合を図る。そして大きくひろがったエラで肉層を激しくかき混ぜ、子宮口を力いっぱい押しあげた。

「ひ、ひいいっ、ら、らめです、ごひゅじんさまぁ……も、もうぅぅう……私、ダメ……変に頭がお、おかしくなっちゃいますッ」

「いいよ、なれ、おかしくなっちゃえっ……瑠璃、イクんだ！」

佑一は腰くだけになりそうな悦びに身を包まれながら、陰嚢《いんのう》が震え、尿道へ精液がどくんと注入される熱い衝動を感じた。

「うおおおお！」

勢いをつけ、子宮口へ勃起をぴったり押しつけたまま一気に生殖液を解放する。

「イク、もうイクウ！　ご主人様……アアアアッ、ご主人様イッちゃうぅぅ！」

射精は一度ではおさまらず、何度かに分けておびただしい量の精液を吐いた。

「あぁぁ、イ、イクのとまらない……と、とまらないぃぃ……！」

痙攣《けいれん》し、熱く熟した粘膜のなかを、佑一は奥歯を嚙みしめながらさらに攪拌《かくはん》する。精液を吐瀉《としゃ》させせながらのピストンに、粘膜が糸を引くようにパンパンと淫靡《いんび》な交合音が響いた。

「あああああ、いや、いやらああ……ひい、ご、ご主人様お許しください、気持ちよくなりすぎるのをお許しくださひいいいい!!」

眼鏡の奥の瞳をいやらしく濡らし、少女は「ひっ、ひぐっ」と声をうわずらせた。

「う、うぅ……うぅっぅぅン！」

スペルマが尿道を駆けのぼっていくたびに、佑一は体をしならせた。精液が肉穴のなかに溢れかえり、体液が割れ目から勢いよく噴きだす。

「ああ、ご、ご主人様ぁ……あぅぅン……う、んんっ……」

瑠璃は情感の深みに濡らした瞳をまたたかせ、甘く鼻にかかった声を出す。

勃起は、熱い抱擁《ほうよう》をしてくる膣粘膜のなかでやわらかくなる。それでも女性器のうごめきはおさまらず、小さな快美が水飴《みずあめ》のように長く糸を引く。

「瑠璃ぃ、すごく気持ちよかった……くぅ……ハアッ……は、はあ……」

佑一は絶頂した快感に身を任せながら、瑠璃の肉体の温かさとやわらかさを感じているのだった。


ピンポーン。

それは佑一がメイドたちと、絶妙な甘さとサクサク感がたまらない紺乃美お手製クッキーをお供に、昼下がりのティータイムを楽しんでいる時のことだった。

「あら、お客様のようですね……私、ちょっと見てきます」

瑠璃は一緒に行くと言った碧を制して、佑一に頭をさげて出ていく。

しかしそれから十分近く経っても、一向に少女は戻ってこなかった。

「なにかあったのか？」

佑一はいぶかしい気持ちを胸に抱えながら立ちあがる。碧と紺乃美も、少年と同じ気持ちを抱いたようで、玄関ホールへ向かう佑一の後ろをついてきた。

そしていざ玄関ホールに着いてみると、そこでは瑠璃が立ちすくんでいた。

訪問者の姿はなく、メイド長は玄関の前で呆然と立ちつくしていた。その手にはなにか黒いファイルのようなものが抱えられている。

佑一と碧、紺乃美は互いに顔を見合わせた。

「……どうしたんだ、瑠璃」

「あっ……ご、ご主人様っ」

今にも泣きだしてしまいそうな顔のメイド長が無言で、その黒いファイルを差しだしてきた。

「なんだ？　コレ」

「あ、あの……今のお客様——篠笹《しのざさ》家の方が……」

その黒いファイル、そこに挟みこまれていたのは大和《やまと》撫子《なでしこ》の静かな風格を持った、佑一と同年代と思われる少女の姿。篠笹鏡《しのざさきょう》、というらしい。

清楚《せいそ》な着物に身を包み人なつっこい微笑を浮かべながら写っていた。そして同封の紙に、『お見合い許諾書』なるものがある。

そこには佑一の父、大五郎の記名捺印がされ、見合いの場所と日時の記された紙が。見合い相手はどうやら着物をまとった大和撫子少女、篠笹鏡。さらにその少女は、旧財閥《きゅうざいばつ》の血筋らしい。きっと父の経営する会社の関係だろう。

どうせ、そういう政略結婚をして未来のビジネスチャンスをより多く確保したいとでも思っているのだろう。昔から繰りひろげられてきた閨閥開拓《けいばつかいたく》に忙しい財界人たちに佑一は久しぶりに嫌気が差す。

「あの馬鹿オヤジ！　こんなこと勝手にしやがって……！」

佑一にとってはまさに寝耳に水な出来事だった。幼い頃ならいざ知らず、今では佑一は大学生だ。なにもわからない子供ではない。ひと言あってしかるべきではないか。

「ご、ご主人様っ」

珍しくおろおろしている瑠璃に黒いファイルを突っかえす。

「瑠璃、こんな見合い、俺は受けない。……こんなもの処分してくれ。それで、早くお茶飲もうぜ。せっかく紺乃美が作ってくれたクッキーが冷めちまうぞっ」

佑一は父親の横暴に怒りを覚えながら声を荒げていた。

こにょみ　みんなでえっち、気持ちイイよぉ

「くそ！」

佑一はいつまでも鳴りつづけるコール音に嫌気が差して、受話器を思いっきり叩きつけた。

「馬鹿オヤジッ！」

電話をしようとした相手は父、大五郎だ。

俺は見合いなんてするつもりはさらさらない！

そう言ってやるつもりで勢いこんで電話したものの、それが不発に終わり、少年の感情は逆巻く波のように荒かった。

「……ちょっと大声出さないでよ、うるさい」

「あ、碧っ……」

佑一は少女との対面に、風呂場での出来事を思いだす。股間にぬらりとからみつく直腸粘膜の感触がよみがえってくるようで、体がいきなり熱を帯びる。

少年は目をさまよわせて、顔をそむけた。

「ごめん」

ショートカットスタイルの快活で、利発なメイドが部屋の隅に立っていた。興奮していたせいだろう。まったく気がつかなかった。

「えっと……これから部屋の掃除とか、する？」

碧はつまらなさそうに首を振った。

「違うわ。姉さんが、あんたが落ちこんでるみたいだから様子を見てこいって……私は全然気になんかしてないけど、姉さんが心配してるから」

「——で？」

「様子、見てたの。じーっとね。かれこれ、五分ぐらい」

長いな。佑一はメイドの忍耐力に目を見張る。

「じーっとか……」

佑一は碧を一瞥《いちべつ》してから、全身の力を抜いてベッドにあお向けに倒れこむ。せっかくベッドメイキングをすませたところへのダイブに碧はあまりいい顔はしなかったが、なにも言わない。だがちょっとしたため息が聞こえた。

しかしそれはベッドに倒れこんだことではなく、佑一自身の態度へのものだ。

「……いいじゃない。しちゃえばいいじゃん、見合いぐらい」

「そんな簡単に言うなよう」

佑一は心中でがっくりとした。碧は佑一が見合いをすることについてなにも思ってはいないのだ。あのお風呂場エッチでもしかしたら、碧は本当は自分のことが好きなのかもしれないとそんな都合のよい考えをしていた自分がイヤになってしまう。

(ってことは……本当に碧は俺なんかどうでもいいって……嫌ってるってことか？)

姉を汚されたくないから、代わりに自分がエッチをする。その論理はあの場で自分の行為を正当化させるための文句ではなく、純粋な本音だったのかもしれない。

(そう、だよな……考えてみれば碧、外国行ってたんだもんな)

もしかしたら恋人ができて、すでにどこの馬の骨とも知れないヤツとエッチしてしまったのかもしれない。だから、お尻でのエッチがあんなにスムーズにできたんだ。

そもそもはじめてのエッチで、いきなりお尻を捧げるなんていう女の子がいるとも思えない（そもそもお尻でエッチすること自体がすごいことだ！）。

そう考えると佑一を嫌っていたのは、恋人がいる自分に対して少年が必要以上に接してくることへ嫌悪感をあらわにしたからかもしれない。

単なる思いつきにすぎなかったものが、輪郭を手に入れて、真実味を帯びる。

絶対に、そうだ。

「あー」

佑一は間延びした声をあげ、ベッドの上でごろごろと転がる。

（……なんで、俺、こんなにむしゃくしゃしてるんだ……？）

嫌われていることは薄々感じていたのに、いよいよ本当に嫌われていると思うと、胸のなかがすっきりしない。

「なにやってんの！」

「ぎゃん！」

佑一はいきなりごろごろと体を転がしていたシーツが跳ねあげられ、体をすくいあげられて見事に半回転して床に落ちた。

したたかに腰を打ち、「うぐぐ」と佑一はうめきをもらす。

「なに辛気くさい顔してるのよ、カビ生えるわよ、そんなんじゃっ。せっかくメイキングしたんだから、カビなんて生やすなっ」

「はい、はい……」

佑一は深いため息をついた。碧はその様子に怒髪天《どはつてん》を衝《つ》く勢いで怒る。

「ちょっとなによ、その態度はっ！　人がせっかく心配してあげてるっていうのにっ……あ、心配って言っても私はシーツを心配したんだけど！」

碧が犬歯を見せながら、つめ寄ってきた。健康的な美少女の顔が至近距離にまで迫ってきて、心臓がどきんと鳴る。

流れるように引かれた眉、ツンとした鼻、桃色の唇。

しかし碧の背後に男の影がちらついていると思うと、胃がよじれるようなむかむかとした違和感が立ちのぼってくる。

佑一が上体を起こす。

「ただの見合いじゃないっ。こっちは昔っからこの手の話にうんざりしてるんだぞ!」

わけのわからない苛立ちがふつふつとこみあげる。佑一はいつもなら笑って受け流すような碧の口調に、怒鳴りかえしてしまう。

「ご主人様? 碧、また二人とも……いったい今度はどうしたの?」

しまったと思った時には、視線を鋭くさせた碧と対峙《たいじ》するようになっていた。

「ね、姉さん!?」

「瑠璃!」

「碧、あなたにはご主人様のケアをお願いしたのだけれど……」

入室してきた瑠璃は、佑一と碧とを眺める。碧は佑一へ向けていた鋭い視線をしゅんとしおれさせながら口を尖《とが》らせ、反論しようとする。

しかし瑠璃は碧に反論の余地を与えない。

「碧、ご主人様になんて口のきき方をするのよ。もう何度もそのことで注意してるのに。あなたもアカデミーを出たメイドならご主人様への接し方をちゃんとなさいっ」

瑠璃の怒りは火のように激しくはないものの、有無を言わせない静かな怒りを感じさせる。

（へへん、いい気味だ）

佑一が無言で視線を送る。碧がいらっとしたように奥歯を強く噛むのがわかった。

（くうう、なによ……元はといえばあんたが、見合いなんてくだらないことでぐじぐじと悩んでいるのが悪いんじゃない！）

（なんだと……！）

互いに視線で物語っていると。

「ご主人様」

笑みを顔いっぱいに貼りつけて、瑠璃が佑一へ向けて手招きをする。

「少しよろしいでしょうか、お話が」

当然、それにも有無を言わせぬ笑顔っぷり。佑一は気をつけの姿勢でうなずいた。

佑一と碧は瑠璃に言われ、リビングまでおりてきた。そこにはすでに紺乃美がいて、紅茶の用意をして待っていた。

「なあ瑠璃、いくらなんでもわざわざここまでしなくてもいいだろ？　碧と俺のことは別に今にはじまったことじゃないし……」

ソファーに腰かけた背後に、碧が納得できないという顔で立っている。

「ご主人様、違います……そのことではありません。……お見合いのことです」

また耳が痛いことだと佑一は頬づえをつく。碧とのいさかいもそれが原因だ。

「い、いいよ、そのことは」

佑一はわずらわしく手を振って立ちあがろうとする。しかしちょうどその時を見計らうようにして、紺乃美が紅茶とお茶菓子を少年の目の前に置いたのだ。

「ご主人さまぁ、えへへ。スコーンですぅ、どうぞ」

その幼く、つぶらな目には「食べるまで絶対席を立っちゃいやあっ」という強い要請があるように思えた。

「あぁ、うん……ありがとう」

紺乃美が一生懸命作ってくれたお菓子を前に佑一は観念する。スコーンの甘い匂いがリビングにひろがる。まずは紅茶で口のなかを潤した。

「……とにかく、お見合いには行かない。それで全部丸くおさまるだろ。……どうせ、あの馬鹿オヤジが勝手に決めたことなんだから」

「いけませんっ」

瑠璃は珍しく強い口調。

真正面から彼女の力強い視線を受けて、佑一はもう一度紅茶に口をつける。

「なんだよ、瑠璃……オヤジの肩を持つのか？　俺の専属メイドじゃないのか？　あ、そうか、瑠璃たち……あの馬鹿オヤジから見合いに出せとでも言われてるのか」

「大五郎さんからは、ご主人様がお見合いに出席して、うまく事を運べるように協力してくれと頼まれました……でも。私たちはメイドである前に、ご主人様の義妹です。ご主人様がいやがることを無理矢理させたくない。でもご主人様。お見合いをすっぽかすのはダメです。見逃すわけにはいきません」

「どうしてっ……」

「ご主人様がお望みにならなくても……大五郎さんが了解したことです。きっと、これを無断で断れば、相手方とのビジネス関係が今後悪化してしまうかもしれません」

「じゃあ、どうすりゃいいんだよ」

瑠璃がにっこりと笑う。

「すっぽかすような真似《まね》はしないで、しっかりと出席して、正式にお断りを入れれば問題ないです」

「……見合いに出て……断る、か……やっぱりそれしかないのか……」

少年はソファーの背もたれに体をもたれかけさせながら、ちらりと碧を見る。碧は自分と瑠璃の意見が同じだったことに勝ち誇ったような笑みを浮かべていた。

「ああ、憂鬱《ゆううつ》だ。俺ああいうなんか堅苦しい雰囲気好きじゃないんだ、昔っから。パーティーとかさ」

誰もが顔に笑みを貼りつけて、相手を褒《ほ》め、褒められたら褒めかえす。子供ながらにも佑一はそんな光景を見て、なんてくだらない寸劇だと何度も思った。

うまくできるかな、と佑一はぼやく。

「ま、でもどうせ断るつもりなんだから、いっか別に。テキトーに受け答えして、テキトーにパパッと話を切りあげちゃえば」

「だめですっ」

瑠璃が、いたずらをした子供を叱るような目つきを見せる。

「いくら断ることを前提にしたとしてもやっぱり一生懸命に臨むほうが相手の方もあきらめがつくと思います……。それは私たち、メイドという仕事に関しても同じことが言えると思います。やっぱり私たちがただ世話をすればいいということで、ご主人様への愛情、尽くそうという奉仕の心を持っていなければご主人様にご満足していただけるお世話をすることができないと思うのです」

奥の深い話に佑一はいちいちうなずく。たしかにそうかもしれない。これで適当に見合いをして、相手方とそれが原因になってこじれてはなんの意味もない。

「……ご主人様への愛情か」

佑一は本当に何気なく、碧を見た。

「愛情ねえ」

何度もうなずく。

「愛情は必要だよねえ」

しかし今の話の流れで碧を見たのはさすがにまずかった。

迂闊《うかつ》だった。まずすぎた。それに気づいたのは碧の額《ひたい》に皺が寄ってすぐのこと。

「私はちゃんとやってるわよ！」

ショートカットを野性的に揺らし、碧が激する。

「もう、碧……」

瑠璃がやれやれというふうに声をあげる。そこにはちょっとした諦念が混じっているように思われた。

「しっかり……やりつつ……でも、相手がそれほど期待を持たないように、ってことだろ、結局。それってかなり難しい」

「それなら大丈夫です、ご主人様っ」

瑠璃がにっこりとほほ笑む。朝日を浴びた雫のような美しさに、佑一の胸が高鳴る。

「私たちがお見合いの練習に付き合いますから」

「いや……でも、いいのか瑠璃たちは、それで。オヤジから頼まれたってことは、ある意味雇い主からの命令ってことだろ……」

佑一は瑠璃たちのことに考えが及ばず、ただ我が身のことしか考えていなかった自分が恥ずかしくなった。

「はい。たしかに私たちは今、ご主人様のメイドです。……でも私たちはメイドである前に、ご主人様の義妹なんですよ？　だからお兄様がいやならメイドとしてではなく、義妹として協力します」

義妹の頼もしい言葉に、佑一は深くうなずいた。

「……わかった。それじゃ頼むよ」

（見合いのプレだとわかっていても緊張するな……）

佑一はスーツ姿で、屋敷の一角に設けられた和室で正座をして待っていた。

今日瑠璃たちとは朝以来、顔を合わせていない。

ただ佑一はお見合い練習の時間と場所だけを知らされたのだ。

瑠璃によると、ここからすでにお見合いのテストははじまっているらしい。つまりどんな格好をしてくるかを、最初は佑一に任せるというふうだ。

（うーん……一応、スーツだけどこれでいいのか……）

時計を見ると、もうそろそろ約束の時間だ。

佑一は手持ち無沙汰《ぶさた》になって、軽く室内を見まわす。

滅多にその和室を利用しないせいか、そこから望める庭の姿も、見慣れているはずなのに、どこか他人の家屋敷のようだ。

(なんだかめちゃくちゃ緊張する……)

佑一はお腹を押さえた。こういう格式張った雰囲気は少年にとっては息がつまる。胃袋がきゅうと締まった。

「……失礼します」

そこへ風鈴が鳴るようなさわやかで、涼しげな声が聞こえた。

扉が開き、まず最初に入ってきたのは瑠璃だ。

つややかな銀通しに雲がたなびくような模様の中振袖。いつもは流しているロングヘアをアップにして、かんざしでまとめている。産毛《うぶげ》さえ生えていないうなじのつややかさに目が惹《ひ》かれる。

いつも洋装のメイド服なだけに、大和撫子《やまとなでしこ》然とした涼やかさはひときわ際立つ。佑一は言葉を失い、ただただ清楚《せいそ》な居住まいの瑠璃に見入ってしまう。そこには貞淑で、禁欲的な風情の女性の姿があった。佑一より年上とはとても思えない。

身のこなしや、足さばきはゆったりとして板につき、瑠璃が歩いている時ばかりは時間までもがその動きをゆるめているような気がした。

眼鏡ごしの瞳を少し熱くさせながら、瑠璃が上目づかいに佑一を見てくる。

佑一は向き合った美しさになんと言えばいいのかわからず、ごくりとただ生唾を呑んだ。

「……入りますっ」

次に入ってきたのは淡い紺の中振袖という姉と同じ姿の碧。紺の生地に、蝶《ちょう》が舞っているその模様は幻想的だ。

ただその顔にはなぜ自分がこんなものに関わらなければならないのか、という不満が充満していて、閉じた口もとも『へ』の字だ。

佑一は最初、スレンダーな碧には着物はあまり似合わないだろうと思っていたのだがそれは杞憂《きゆう》だった。着物の色が、碧の肌の白さを際立たせ、瑠璃のような清楚《せいそ》さはあまり感じられないものの、清潔さは充分すぎるほどに感じた。

これでもっと笑顔なら、瑠璃と同じように立派な大和撫子《やまとなでしこ》になるはずだ。

着物を着慣れていないのが一目でわかるような窮屈そうな動き方だが、そこら辺にも少しではあるが愛嬌《あいきょう》を感じた。しかしそんなことを指摘すればまた碧が怒りだすことは目に見えているので、口はつぐんでおく。

(瑠璃、碧が来た。ということは……)

佑一はまだ開いたままの扉から、こちらへ差しこんでくる影へ視線を移す。

「しつれぃしまぁすぅ！」

元気いっぱいの声で入ってきたのはピンク色に白い桜の花びらをちりばめた着物にその小さな身体をくるんだ紺乃美。

そこではじめて緊張に硬くなっていた佑一の表情はゆるんだ。その着物に着られているような印象が第一番目に感じる、末妹の着物姿。和風で、日本情緒のある着物に、ツインテール姿がミスマッチでありながら愛嬌がたっぷりだ。

紺乃美のぷくぷくとした身体にも着物はあっていて、かわいい魅力に加え、どきっとするような色香がプラスされたよう。

（うわ、やっぱり三人とも美人だよな）

三人とテーブルを挟んで向かい合うと、いよいよ本当のお見合いのようで緊張感が高まってくる。佑一は自然と背筋が伸びるのを覚えた。

「……き、綺麗だな三人とも……その着物、よく似合っているよ」

美しく着飾った大和撫子三姉妹を正視することができず、勝手に耳が熱くなってくる。瑠璃もまたうつ向き気味に口をもごつかせた。

「これ、お義父さんにもらった、の。……月見の娘になるんだったら着物を着る機会も多くなるだろうからって……。も、もう……。そんなに緊張しないでお兄様……なんだか私まで緊張してきます」

瑠璃は少しくすぐったそうにはにかんでみせる。

「このお見合いの練習はメイドのお仕事じゃなくて、私たち、三姉妹の意志でやることだから……それに……えと……私は、そのお、お兄様のことが」

瑠璃はもじもじと自分の指先をいじりはじめる。するとそんな姉の姿がじれったそうに、碧が口を開く。

「あーもう、早くやろう。こっちだっていつまでも暇じゃないんだからっ」

「えへへ、やっぱりお兄ちゃんって言えるのいいよねえ。こにょみ、やっぱりご主人さま、って言うよりお兄ちゃんって言うほうが好きぃ」

佑一は久しぶりに呼ばれた『兄』という言葉が照れくさかった。それでもやっぱり『ご主人様』と呼ばれるよりはずっとしっくりくる。

「あのっ、お兄様がいやでしたら私たちすぐに『ご主人様』って言いますっ」

瑠璃は目をきらきらと輝かせながら、佑一の姿をじいっと見つめてくる。

（そんな目されたら、『ご主人様』に戻せなんて言えるわけないだろ。……ま、最初っからそんなつもりはないけどさ）

「全然いいよ。むしろ今の呼び方のほうがうれしいぐらいだから……」

「ありがとうございます、お兄様……」

瑠璃の恥じらいながらの呼びかけが、佑一の胸のなかへ淡く染みこんでくる。それだけで胸のなかが暖かくなってくるような不思議な感覚だった。

「なあ碧もさ、兄さんって呼んでくれないか？」

「言わないわよ、馬鹿ッ!!」

碧は頬を赤く染めて、ぷいと横を向いてしまう。

「ほらほら、お兄様も、碧もはじめるよ」

佑一は「お願いします」とあらためて頭をさげた。

「お兄様なんか照れちゃうね……」

「そ、そうだな。なんかいつもより緊張する……あ、ところでお見合いの練習って、瑠璃たち、もしかしてお見合いの経験あり？」

佑一は心臓をどきどきさせながら、義妹たちの顔を眺める。

大五郎はいきなり息子へなんの承諾もなしに、見合い話を進めるやつだ。義妹たちも同じパターンで勝手に見合い話を進められている可能性は大いにある。

「こにょみたちは、お見合いなんてしたことないよう」

「お兄様。私たちは授業で習いました。……もしご主人様が適齢を迎えてもまだ独身の場合、恋人探しやお見合いの話を作るのもメイドの役目らしくて。だから、一応私たち、お見合いのいろははわかっています」

「俺てっきり三人とも堂々としてるからお見合い経験者だとばっかり思ったよ」

ほうと胸を撫でおろすと同時に、でも恋人はいるかもしれないんだよな、と碧のほうを見てしまう。

「え、そんな……お見合いだなんて……私には……お兄様がいるのに、って……ああ、もういいですね。無駄話はこれぐらいで、ね！　練習はじめましょ」

そうだな、と佑一はかわいらしく恥じらう瑠璃の姿にうなずいた。

「え、えとまず、最初に。相手の人とはちゃんとお話をすること。お兄様、自分のことばっかりじゃなくて、相手の話にも真摯《しんし》に向き合うようにしなきゃダメです」

「真摯かあ……でもどうせ、その見合いは断るんだし……」

「それでもダメ。いいですか、お兄様。今回のお見合いはできるだけ相手の人の機嫌をそこなわないように……理想は、相手に『今回は縁がなかったんだな』っていうことを感じさせるのがベスト。無礼な奴とか感じが悪いなとかは絶対にダメっ。それにくれぐれも、相手の方に脈ありだって思わせるのもダメ」

佑一はうなずきながらメモをとる。

「……でもそれってかなり難しいな。……えっと、服はこれでいいのか？」

「うん。お兄様バッチリ。やっぱりスーツがいいよね」

「あ、お兄ちゃぁん、ネクタイ曲がってます」

ちょこちょことやってきた紺乃美が、曲がったネクタイを直してくれる。やっぱりここら辺はメイドとしての教育を受けただけに、観察眼は鋭い。

「やめてよね、本番当日でいきなりネクタイ曲がってるなんて……恥ずかしいから。月見家のメイドはそんなことさえ満足にお世話できないなんて思われたら癪《しゃく》だから」

碧が文句を言えば、瑠璃がすかさず、

「お見合いに行かれる前には、しっかり私たちがそういうところはチェックします」

「あ。あと、お見合いの返事はその場でするなよ、くれぐれも言っておくけど」

碧がむっすりと言う。

「え、ダメなのか？」

次女妹が目を見開き、「ダメに決まってるだろう」とあきれた口調で言う。

「二、三日経ってから。遅くとも一週間以内……今回は仲人がいないから、本人たちに直接……」

「面倒くせえ……なあ。やっぱり今からもうすっぽかすか、あの馬鹿オヤジに言って、中止にしてもらったほうが楽なような……」

「お兄様っ」

佑一は迫ってくる瑠璃の立腹の表情に、「ごめん、ごめん、冗談だって」と両手を合わせる。瑠璃は「もぅ」と口をすぼめながら、固いつぼみがゆるんで花開くように、その表情をほころばせた。

「お兄ちゃぁん、座る席はそこじゃなくて、奥につめたほうがいいですよ」

瑠璃の美貌にうっとりしていると紺乃美からの指摘が飛んだ。

「え、あ、そ、そう、なのか……?」

「そうなのか、じゃなくて、そうなんですか……今からその馬鹿みたいな口調も直さないとダメね」

「碧、おまえもな」

「……私はちゃんとできますから、ご主人様」

妙に甘ったるい裏声を出して、碧がふふんと勝ち誇った視線を向けてくる。

さすがはアカデミーを優秀な成績で卒業しただけのことはある。その口調の早変わりは立派を通りこして、もはやその瞬間を目にしたものを片っ端から黙らせる。

佑一は碧の憎まれ口を我慢しながら、それまで入り口側に座っていたのを、庭側に移ろうと立ちあがった瞬間。

(やばっ……)

足がなんとも言えないぐらい激しく痺れ、自分の足が自分のものではないような違和感を覚え、さらに指先がつる。鈍痛みたいなものが足の指先に振りかかり、まるで足を固められた状態でいきなり歩きだそうとしてつんのめるかのよう。

「ぬぅ!?」

そのうえ、滑りやすい座布団に足を取られて思いっきりすっ転ぶ。

「はあ……お兄様。どうやら、正座にも慣れなきゃいけないみたいね。先は長いから、一緒にがんばりましょ」

「あ、ああ……面目ないぃ……」

佑一は足をぴくぴくと痺れさせながら、うめくような返事をした。


「じゃあこれぐらいでちょっと休憩しましょうか……」

練習開始から一時間経過してようやく一区切り終え、瑠璃はにっこりと笑った。

「うわあ……ようやくかあっ……もう、たまんないよっ……!」

佑一は緊張の糸をゆるめて、思いっきり畳の上に横になった。畳はやっぱり最高だ。普段からフローリングの生活を送っている佑一にとっては畳のやわらかな感触や青々とした、い草の香りは新鮮で落ち着く。

それになによりフローリングではいまいちな、寝っ転がった時の感触も、畳は極上の毛布のように体を受けとめてくれて最高だ。

今までずっと正座の状態で、いつもの気を抜いたような受け答えではなく、もっとしっかりとした受け答えの練習、ほほ笑みを浮かべながら相手の話を聞く練習までしていたから体中が凝《こ》ってしまった。

「なんだか笑顔が貼りつきそうだ」

顔面の筋肉なんて今にもつってしまいそうで、なんだか表情を作ってもいないとい
うのに勝手に口角が持ちあがってきそうだ。

「……よし。休憩がてらなんか飲み物持ってくるよ」

「あ、お兄様、私たちが持ってきます」

佑一は瑠璃を手で制し、まだ正座の余韻に足をよたよたとさせながら立ちあがった。

「いいよ、俺が持ってくる」

「で、でもう……」

「ここにいる間は、メイドじゃないんだろ。それだったらお兄様に、妹孝行させろよ。

いつも世話になりっぱなしなんだからさ」

「ふ、ふーん……なによ、わかってるんじゃない」

「うわ、お兄ちゃんやっぱり優しい！」

「こ、こら、あなたたち」

律儀《りちぎ》な瑠璃に苦笑しながら、じっとメイド長を見る。視線に気づいた瑠璃はハッと
なって、頬を染めた。

頃合いを見計らって、佑一は真剣な声で言う。

「瑠璃、本当に大丈夫だから。おまえはそこに座ってればいいんだから、な。それに俺、普段やり慣れていないことしちゃったから、体が固くなっちゃって、動きたいんだ。それに瑠璃たち、せっかくそんなキレイな着物着てるのに、汚しちゃもったいないだろ。だから、ちょっと待ってろよ」

佑一は手早く台所に向かうと、冷蔵庫に入れておいた缶ジュースをコップに注ぐ。何本かあまっているから、それをかき集めて小脇に抱く。

これは大学の友達が多く買いすぎたと言って、もらったものだ。

その時は余計な荷物を、といっそその場でがぶ飲みしてやろうかとも思ったが、しなくてよかったと今さらながらにその友人に感謝。

「わあ、オレンジジュース。ありがとうございます、お兄様」

瑠璃たちはジュースをごくりごくりと飲んでいく。

「……なんか、これちょっとなんか入ってる……？　なんか、妙に……甘ったるいっていうか、なんというか……」

碧は不思議がりながら、それでも一時間、いつも以上にしゃべったせいで喉が渇いていたらしく軽妙に喉を鳴らしはじめる。

「お兄ちゃぁん、これすっごーく美味しい！」

「まだ結構あるからな。どんどんおかわりしていいぞ」

佑一も瑠璃たちへの感謝で、空いたグラスにどんどんジュースを注ぎこんでいく。

瑠璃たちも兄から注がれたジュースだからと、どんどん飲んでいった。

「ちょっと……これ、ほんと、なによ。なんかやっぱりおかしい……」

碧は血の巡りのよくなった顔を上気させながら、お盆の上に転がっている空き缶をつまみあげた。すると、

「ちょ、ちょっと、これお酒じゃない！」

碧が空いた缶を見つけて、あわてたように叫んだ。佑一も「え」とその缶を見る。たしかにそれは度数こそ低いものの、完全にアルコール飲料だった。

「あ、ほんとだ……あ、ごめん、ごめん。……でも、カクテルだから。そんなアルコールが入ってるわけでもないからな」

「あー……なんだかすごく身体、あついぃ……」

瑠璃は眠たげな声をもらし、足を崩して、さらに着物の胸もとをはだけさせる。

綺麗に浮かびあがった鎖骨と、今にも襟の合わせ目から飛びだしてしまわんばかりの双肉がせめぎ合ってできた谷間がのぞけ、佑一の全身の血流がぐつぐつと煮えた。

「でもお酒ってこんなに美味しいものだったんだ、お兄さまぁ」

甘ったるい猫撫で声を出す瑠璃。

「……わたしぃアカデミーでもまわりに飲まされちゃったことがあるけど……こんな

に美味しくなかったよ？　あ、そうだ。そういえばアカデミーでもらった餞別《せんべつ》のお酒があったはずう……」

「にょー……こにょみもいくぅ！」

紺乃美もツインテールをふりふり、ゆるくなった帯を少したわませながら起きる。

瑠璃と紺乃美は互いに身体を傾《かたむ》け合いながら立ちあがり、少し乱れた着物姿のまま部屋を出ていく。佑一と碧はその後ろ姿を見送ってしまう。

「……もしかして、酔ってる、のか？」

碧のほうを見ると、顔を少し青くさせていた。

「これ、姉さんと同じクラスの人から言われたんだけど。……姉さん、飲むとすごいらしいのっ……」

「な、なんだよ、その漠然としたワードは。どうすごいんだよっ」

「知らないわよ……とにかく、すごいらしいの……それを見て以降、誰も姉さんにお酒を飲ませようっていう人がいなくなるぐらい、すごい……みたいなの……」

佑一と碧がやいのやいのと言い合っていると、再び襖《ふすま》が開けられる。それも思いっきり、力いっぱい、ばしんと大きな音がたつほど。

「おにいさまあ〜！」

「ああっ、お姉ちゃあんずるうーいっ。こにょみも、こにょみぃもぉ、やるうっ！」

入ってくるなり、瑠璃と紺乃美は思いっきり佑一へダイブをしかけてくる。二人の着物の帯はすっかりほどけていて、ほとんど着物は身体に巻きつかせている程度。

　そして二人の血行がよくなってぽうっと暖かな女体が、惜しげもなく少年へと押しつけられる。むちむちとした発育旺盛な身体が、馥郁《ふくいく》とした女の香りを濃密に漂わせるという状況に、佑一は目を白黒させながら肉体の内側で熾火《おきび》が燃えあがるのを抑えられなかった。

「ちょっと姉さんやめなさいって……うわ、なによ、これ……ウィスキーじゃない！」

「そぅよ？　あおぃものむぅ……？　っていうか、飲みなさいよう」

　瑠璃は暴挙を食いとめようとする碧に襲いかかり、手に持った『Congratulations《コングラチエレーシヨン》 your《ユア》 graduation《グラデイエーシヨン》!』と書かれたウィスキーをほとんどがぶ飲みさせる。

「むぐううう!?」

「碧っ！」

　佑一がウィスキーのボトルを口に咥《くわ》えさせられる碧を救おうとすれば、

「おにいちゃーん、だーぃすきぃ！」

「……うわ、こ、このみぃ!?」

　佑一は紺乃美に押し倒される。

　紺乃美が身体をむぎゅむぎゅと押しつけて、首筋へその弾力があるグミのような唇でちゅちゅっとキスをしてくる。

アルコールの濃厚さと、紺乃美本来の甘酸っぱい香りとがたくみに合わさって、甘露な媚薬のように青少年の肉体に作用する。

「うわ、紺乃美ダメだって、そ、そんなことしたらあ……っ」

幼いメイドは佑一に全身を重ねるような状態で、その身をくなくなと揺らす。するとはだけた着物の裾から飛びだす二本のすべすべした足先が少年の股間部分を摩擦するようにこすりあげてくる。ただでさえ、アルコールに混じった強烈な色香にほだされている佑一の、漲《みなぎ》る精力が沸騰しはじめてしまう。

（うわ……ま、まずぃ！）

むくむくとズボンの下で隆起しはじめる少年の男根。紺乃美はその感触に気づき佑一の顔をじいっと見つめてきたかと思えば、光が弾けるような満面の笑みを見せる。

「お兄ちゃんのすっごく、おっきくなっちゃってるぅ……えへへ」

愛らしい末妹は平泳ぎの要領で足を動かしてきたかと思うと、いきなり両足でズボンごしのペニスをぎゅうと挟みこんできた。少女の足袋《たび》の、綿毛のようなやわらかな感触が雄々しく隆起したペニスに甘く染みこんでくる。

「ぬわあッ……こ、紺乃美！　うっくぅぅ……そ、そんなあっ……！」

体がひきつりそうな衝撃を覚え、佑一は全身に走る快美の電流にうめきをもらす。

紺乃美は酔っているせいか足に力を入れて、土踏まずのくぼみに男根を挟みこんで、ぐりぐりとせわしなく刺激してくる。

「すごぃ……こにょみの足の裏でお兄ちゃぁん、すっごーくう大きくなってますぅ。こにょみの足の裏でむくむくって……！」

興奮の色に染まった歓声をあげる紺乃美。アルコールが影響していて足の動きは乱暴に見えるが、実際は酔っているとは思えないほどたくみで、佑一の理性を熱く痺れさせ、真っ当な思考能力をどんどんと奪い去る。

（ヤバイ、こんなヤバす、すぎるっ！）

佑一はズボンという狭い空間ではちきれんばかりに膨張していくペニスに奥歯を嚙みしめ身悶える。このままでは本当に末妹の足に散々揉まれ、果ててしまう。

「えへへ、すっごく、お兄ちゃん、エッチな顔しちゃってますう……ちゅ……パッ」

酔っぱらい、頬を甘酸っぱいローズピンクに染めた紺乃美はまるで子猫が飼い主の気を惹《ひ》きたいかのように身体をぴったりとくっつけてくる。

「ひぃう！」

佑一は思わず鼻にかかった声を出してしまう。

「んちゅ……お兄ちゃぁん……ちゅ、ちゅぱっ……ンチュ……チュッ……チュゥ！」

再びの熱烈なキスを雨あられと降らせてくる紺乃美。首筋や頬、耳の裏。少女の甘い吐息《といき》と一緒に唇が押し当てられる。

アルコールとツバでぬめった唇は、ほどよい弾力のあるゼリービーンズのようで、甘い感触が体中に染みこんでとまらない。全身の血管が躍り、血が沸きだす。まるで宙をふわふわと浮かんでいるような錯覚に襲われ、股間の熱だけがはっきりと感じられる。

「お兄ちゃん、好きすきだいすきぃ、ですぅ！」

足さばきがぐりぐりと陰茎を揉みほぐし、海綿体を翻弄する。

「ダメだっ……！　そ、そんなにしたらあ……ッ」

「お兄ちゃあーんッ」

足先がぴくぴくと痺れてきて、どくんどくんと血液が流れ、やがて、どくりと体の奥底から興奮の色彩がこみあげた。

「あ、で、出る……出るう、ああああ、紺乃美出ちゃうよぅ！」

佑一が獣のような声をあげた瞬間、パンツの裏地とこすれた亀頭が炎を噴きだすような熱に溶ける。

「くううううぅぅぅぅッ……！」

射精衝動はたやすくおさまってはくれない。どくん、どくんと第二の心臓が陰部にできてしまったかのように、何度となく脈動して下半身が持ちあがった。

「お兄ちゃぁうん、射精、しちゃったんですねっ……あん。こにょみの足のなかで、すっごく元気にびくびくしちゃってますうっ……」

尿道を裏側からくすぐるような精液の発射感が、陰茎をまさぐり、鈴口を熱く疼かせつづけた。噴きだしたスペルマは下着にぶつかり、狭い空間内で跳ねかえって勃起自身を熱く濡らす。ぐちゃぐちゃと気持ち悪い感触に包みこまれながら、少年は「はあ、はあ」と小鼻をひくつかせた。腰全体が甘い倦怠感に沈む。

「はあっ……アアッ……アッ……うぅ……くうぅぅ……うぅぅん……！」

暴発してしまったスペルマがズボン生地を熱く湿らせる。

「あぁ……お兄ちゃんのおちん×ん、こにょみの足のなかですごくいっぱーい、どくどくしちゃってますう……」

射精している間ずっと勃起には紺乃美の足がくっついていて、絹のツルツルした足袋の感触が海綿体をひっきりなしに痺れさせる。

「あー、すっかり汚れちゃいましたね……はい、ズボンぬぎぬぎして、お兄ちゃん」

紺乃美がどいてくれてようやく楽になれたと思うのもつかの間、末妹の誘導で少年は四つん這いにされる。

そして紺乃美が小まわりの利《き》く身体を活かして、ベルトをはずしはじめた。

ズボンも、下着もたっぷりの精液でぐちゃぐちゃになっていたから、脱がしてくれるのはありがたいのだけれど。

（うぅ、この格好は恥ずかしすぎるし、情けないっ……）

結局、ズボンは紺乃美に脱がされてしまった。紺乃美は精液がにじみ、べっとりと白く汚れたトランクスへ顔を押し当てて小鼻をぴくぴくさせ、その臭気を吸いこむのに夢中になっている。

（なんか、やっぱり酔うと、みんなどっかおかしくなるもんだな……）

佑一がそんなことを思っていると、目の前にずんとたわわな乳房が差しだされた。その圧倒的な二つの熟した果実のような乳房。白い肌を火照《ほて》らせたそれは、まるでヨーグルトにストロベリーソースを加えたようにやわらかな色合いを見せる。

「お兄さまぁ……えへへ、どうぞ、私のおっぱいで楽しんでぇ」

大理石から切りだしたような透明感のある艶肌に朱をにじませた瑠璃が甘えるような声を出して、身体をすり寄せてきた。

「うわ……そんな……胸、こ、こすられたら……うぅん！」

甘い色香と一緒に、汗でしとどに湿った乳肉がたぷんたぷんと上下しながら迫る。

「メイドぉ鉄のごかじょーだいよんじょーぅ！　お兄様大好きだからエッチなことどんどんしましょう！　いぇーいっ!!」

「い、いや絶対、それメイド関係な――」

佑一の口は、剝き玉子のようにぷりぷりとやわらかな乳房によってふさがれる。半分以上はだけられた着物からこぼれた美麗な輪郭の乳房を両手で抱え、佑一の顔に押しつけてきた。

(うわ、すごい……むちむちしてて、ああ、それにいい匂いだ……それにしても、まさか酒を飲んで、瑠璃がこんなに変わるなんて！)

いつも冷静で知的な瑠璃の、眼鏡の奥のほっそりとした瞳は潤んで、目のまわりは真っ赤だった。少女の双眸《そうぼう》に浮かぶのは理性の光ではなく、よどんだ欲望の妖しさ。顔いっぱいに妹の巨乳が迫り、そしてぷりぷりと弾みながらつぶれる弾力に全身が感電する。さらに乳肌は汗と体臭とが混ざり合って、クリームチーズを思わせる濃厚で淫靡《いんび》な匂いをにじませた。

佑一の勃起はその抜群の艶めかしさにびくびくと反応してしまう。

「お兄様……これだけじゃないのよ……ふふふ」

瑠璃は一度乳房を遠ざけると、手でこねまわすように動かして真ん中に寄せる。むちむちのやわらかな球肉が表面張力をたたえる水面のように波打つ。

さらに着物が崩れて、充血しツンと勃起した乳首がのぞく。

「ふふっ、見てて……」

瑠璃は三分の二ぐらいに減っている（きっと碧に無理やり飲ませた分だけ減ってい

るのだろう）ウィスキーを取りだすと、真ん中に寄せた乳房を受け皿に狭間《はざま》へなみなみとつぐ。つきたてのお餅のような弾力感のある白さと、やわらかな琥珀《こはく》色の液体が甘美に混ざり合う。体臭とお酒の匂いが混ざって、まるで媚薬のように興奮をかきたてられる香りが立ちのぼる。

「はぃ、召しあがれ、お兄様っ」

むっちりとして、ぱんぱんにふくらんだ肉峰を杯に見立てて、佑一の口に注がれるウィスキー。乳房の生クリームのようなやわらかさが唇に吸いついてきたかと思うと、すぐに押し寄せるのはほんのりと熱を持った液体。

「ッ!?」

佑一はウィスキーなんてはじめての体験だ。

口のなかに甘い感覚と少しの苦みがひろがったかと思うと、喉になだれこんだ瞬間には、喉笛がひきつるほどに焦げつく。お腹がじんわりと温かくなってきたかと思うと、下半身全体にその淫らな炎はひろがって延焼する。

（うわ……これ、すご……あううッ）

小鼻をひくつかせながら呼吸をするたび、瑠璃の乳房から匂い立つ、甘いミルク臭と、鼻腔粘膜をちくちく刺激するアルコール成分が押し寄せてくる。まるでミルクアメと、ウィスキーボンボンを口のなかに一緒につめて、舌先で転がしているようだ。

「あぅッ、うぐ……むっぐううううっ……ッ！」

佑一はあがいて、もがいて、瑠璃の乳房をつかんで思いっきり握ってしまう。指先に、ミルクプリンの弾力とカスタードクリームのとろけるやわらかさがあふれた。

「ああ、お、お兄様……アアッン！」

夢中で乳房をつかんだ指先が、びんびんにしこった乳首を弾く。

「ああ、いや……乳首……ハウゥゥン！」

快感を訴えるたびメイド長は身体をぷるぷると揺らして、乳房をぐいぐいと少年の顔にすり寄せてきた。きらびやかなかんざしが、淫靡《いんび》に揺らぐ長女メイドの表情を華やかに仕立てる。

（ああ、すげえ……お酒も、瑠璃のおっぱいもすごすぎるっ……）

ウィスキーで酔うのか、それとも濃厚なおっぱいの香りで酔うのかわからない。ただひとつ確かなことは、自分は確実に興奮しているということだけだ。すでにズボンも下着も取り払われて、すうすうした下半身で灼熱をはらんだペニスがさっきからひくついておさまらない。

「お兄さまぁ、まだまだ、だよ……？」

瑠璃はウィスキーのボトルを揺らしながら、ほほ笑む。

そしてあお向けに寝っ転がってみせると、まつろわっていた着物を完全に脱ぎ捨て、

上半身を大胆にあらわにした。ぶるるんと尖《とが》りをきつくした乳首に牽引されるように突きでたメロンのような双乳がたわんだ。

さらにしどけなく横たわったために、粉雪のようにしっとりとした太腿があらわになる。さらに裾が引っ張られ、ふっくらと発酵したパン生地を思わせる肉丘に茂った恥毛、ほんのりと口を開いた艶めかしい粘膜の谷間がのぞく。

「る、り……？」

「次はここ。お兄さま……たっぷりと飲んでぇ……」

次に彼女がしたことはぴったりと太腿を閉じ合わせて、くぼみを作りだした陰部にウィスキーを注ぐことだった。

「あっ……ああ……ンッ……」

秘所の粘膜がアルコールでじくじくと染みているのか、メイド長はなにもしていないのに官能色の吐息《といき》をせわしなくこぼす。頬は官能色に染まり、まるでバラの花弁を浮かべたお風呂にでもつかっているよう。

琥珀《こはく》色の液体のなかに、少し濃いめに生えそろった秘毛がかすかに揺らめいていた。

（も、もうこうなったらやってやる！）

佑一は、義妹の身体に覆いかぶさるように股間部にしゃぶりついた。口をすぼめ、わざといやらしい音をたてすする。

「ふわあぁぁ……お兄さまぁ……ああン……いぃ……ああ、もっと吸って、飲んでくださいぃぃ……っ！」

佑一はウィスキーを飲みながら舌をうごめかし、メイド長のぷっくりとふくれたクリトリスを刺激したり、割れ目からはみだした粘膜の帯をつっついたりすることも忘れない。

「んちゅ……ちゅぱっ……ンンッ……！」

「あああん……いぃ……アアアッ……お兄様、いぃのッ。ひゃあぅ……おま×こ、イィッ……とっても、気持ちよくて、ああん……ぺろぺろ、いぃ!!」

かんざしにまとめられた髪はほつれ、にじんだ汗とあいまって、劣情をかきたてる淫らな色合いを見せる。

アルコールとにじみだした愛液とを一緒くたに舌で巻き取ってしまう魅惑のクンニリングスに、痛いぐらいに精力は漲《みなぎ》り、そそり立ったペニスが痺れだす。極上のわかめ酒を浴びるほど堪能する。

「あうぅん……お兄ちゃぁんのおちん×ん、すっごく硬くなってますぅ」

佑一はお尻になにかがしなだれかかってくる気配を感じた、かと思えば、

「うぅ!?」

「お兄様……はあぁやンッ！」

突然下腹部にからみついてきた感覚に身を熱くして、思わず瑠璃の剝けた肉芽に歯を立ててしまう。

突然の鋭い刺激にメイド長は、寝っ転がっても型崩れしない円錐の乳房をぷるぷると色っぽく揺らした。

「お兄ちゃんのすっごーくぅ、びくびくしてててかわいい……」

とろみのある色っぽい声を出しながら、高ぶる生殖器を握りしめてきたのは紺乃美。背後から佑一の股の間に手を入れて勃起をわしづかみ、荒いストロークを刻む。

（うぅぅ、そんなにああ……し、しごかれたら……うぅ、た、たまんないッ！）

「んちゅ！　ぢゅる……ンンッ……んくぅぅ……うぅぅん！」

カリをこすられ、亀頭を指のお腹で撫でられるたび、腰が今にもとろけ落ちてしまいそうな甘い快感が迫る。それでもワカメ酒をすする動きはとめない。

「ヒイイッ……あぁぁ、いやぁ……は、激しッ！　アアアウ……お兄さまの舌ぁ、ああ、私のおま×こ……どんどん激しくなって……ヒイッ、ヒイー……ッ」

「お兄ちゃぁんのおち×ぽ、すごくアツアツで、すてきですう……ああ、こにょみの手のなかでぴくぴく、とっても元気い……」

根元から先端部分まで決してゆるめることはなく、どんどん激しく責めたてられる。

「うぅぅ……こ、紺乃美！　そんなにしたら……ああッ……もっとゆっくり……ゆっくりぃ！」

ただでさえ射精直後で敏感になっているところへ、繊細さと大胆さを備えた紺乃美の手淫は夢のように心地よく、海綿体に響いた。

「びーくびーく……えへへ、いっぱい出していいんですよう、お兄ちゃんっ！」

紺乃美の掌中で、今にも爆発しそうなほど、ペニスは膨張する。その証拠にたれさがった陰嚢《いんのう》は炎を抱えこんだように熱く、精液を混じらせた先触れの汁をおびただしくたらしていた。

「お、お兄さまぁあッ！」

突然、瑠璃は砂糖菓子を口に含んだような甘えた声をもらす。

「私のおま×こ舐めながら、紺乃美にばっかりかまってずるい！　私もお兄様の妹なのに、不公平はいやですっ！　私のおま×こ、もっともっと舐めてぇ……！」

妹相手に嫉妬《しっと》心を爆発させたメイド長は大人な振る舞いなど忘れてしまい、佑一の頭をつかんで、自分のあそこに押しつける。

「ンンッ！」

「あああぁぁ……お兄さま……そ、そうですよ、もっとぺ、ぺろぺろしてえっ！」

佑一はウィスキーと愛液の混合液の充ちた、秘所に顔を押しつけられる。むせかえりそうな女の臭気と発酵した美酒のかもす旨味が鼻腔を埋めていく。

少年は苦しさにもがいた。それがさらなる快美を誘発して、まるで蛇がのたくるように瑠璃は両足をくなくなと揺らす。

「うぅ……ンチュ……チュパッ……んぐっ……んふぅ……るりぃ、く、くる……くるひぃぃ……うぅぅン！」

口のなかになだれこんでくるアルコール分や、媚蜜が喉を通ると一直線に、勃起へ直結して海綿体がカッと火を噴く。射精の気配はさらに高まり、睾丸《こうがん》がひきつるほどに鈍く疼きはじめる。

（やばッ……も、もぅ……こ、これ……が、我慢……で、でき……無理だッ！）

どくんと精液が尿道に装填される気配。四つん這いになっている両手両足の筋肉がひきつり、腰やお尻が痙攣《けいれん》する。

「ズズズズズズ……！」

佑一は勃起からこみあげる射精衝動に全身を炎上させ、一息に瑠璃の陰部に満ちた汁を吸いだす。

「おにいさま、激しッ……だ、だめ、らめぇぇ……ひゃあうぅぅぅ！」

「あああ、出るッ！　んはあぁぁぁ、も、もうぅう……！」

佑一は陰部を激しくこねまわされる熱い刺激に耐えきれず、放出の瞬間と同時に、瑠璃の媚肉に舌をぐいっと押しこんだ。メイド長は全身を緊張させて太腿を締めたせいか、粘膜が収縮して舌がからめ取られて、直接的に熱い蜜を吐きかける。

「はっきゃあぁぁぁ……ああ、お兄さま……らめ、そんなにおくっ……おくう……ああっひいいい、舌だめえ……うぅぅん……イク……イク、イッっくうううぅぅ!!」

瑠璃が身体を激しく痙攣《けいれん》させたかと思うと、おびただしい潮を噴きだす。

同時に佑一も、たくましい砲身をひきつらせ、ドクッドクッと精液を吐瀉《としゃ》した。いや草の上にぶちまけられる生殖液はまたたく間に、和室の畳を黒々と濡らす。

どくん、どくん、ドピュ。

長い射精の終わりに、佑一はぜえぜえと火照《ほて》った肺を上下させながら、あお向けに倒れこんだ。瑠璃もぐったりとして、紺乃美は畳を散々汚した体液を指先でいじくりながら遊んでいる。まるで鞠《まり》と戯《たわむ》れる子猫のよう。

（よ、ようやく、お、終わった……のか……?）

まだまだ少年の分身は硬くそそり立っていたが、それをどうにかしようと思う気力が湧かなかった。それほど少年は射精の激しさに気力を削《そ》がれてしまったのだ。

「……に、ぃ、さ、ん……」

「あ、碧っ!?」

強烈な射精快感でぼうっとしていた佑一はどこかまだ焦点の合っていない瞳で、碧を見あげた。彼女は鋭い視線をやわらかくさせながら、薄い唇に不敵な微笑を浮かべている。着物は着崩れ、胸もとの合わせ目はたわみ、乳房の輪郭がのぞき見えた。裾もひろがり、ほっそりとした健康的な美しさの弾ける足がちらちらとのぞく。

「まだ私がいるのよ、兄さんっ」

「碧、おまえ、酔って——」

「酔ってなんかいないわ、兄さん……ふふ、さあ……」

碧の瞳は真っ赤になり、完全にすわっている。その愛らしい口もとからはウィスキーの甘い香りがした。

「兄さんのおちん×んまだこんなに大きい……エッチしたくてたまらないでしょ？もぅえっちいんだからぁ」

碧はまだまだたくましい佑一のペニスをさわさわと撫でさすってくる。普段の碧なら絶対しないようなことに、少年の心臓は高鳴った。

「そんな……俺は別にっ」

「だめよ、兄さん……。まだ、兄さんのおち×ぽ、すっごーく大きいんだもの。ちゃんと小さくなるまでやらなきゃダメ。全部私におまかせ、だよ」

どことなく匂う幼さと、強引さをあらわにした碧は、姉と妹を引き起こして四つん這いにさせ、佑一に向けてお尻をひろげさせる。

「な、なにぃ……碧ぃ……あうぅん……」

「ふわぁ？　碧おねえちゃん？」

二人は顔を真っ赤にして息を切なげにはふはふとこぼす。

瑠璃はお尻全体の輪郭がふっくらとしているものの、紺乃美のそれは肉づきが薄くて、まるで今からふくらむのを待ち望む青い果実のよう。

もっちりとしたお尻の白さがまぶしく、汗でしとどに濡れて淫らに輝いていた。

「兄さん、ようく見て……」

「あぁ……ん……ダメよ、碧っ……はぅ……恥ずかしいぃ……碧ダメぇ……お兄様にお尻の穴……なんて、見せちゃっ……」

「いやん……碧おねえちゃん、ひ、ひろげないでっ……」

碧がお尻の谷間をひろげると、二人は恥じらいの声をもらす。しかし二人ともお酒やエッチで疲労困憊《ひろうこんぱい》なのか、碧の手の動きに逆らえないようだ。

佑一の神経は、二人の義妹の淡いすぼまりに向けられていた。二人の臀部ともほんのりと赤みを帯びているものの、抜けるような白さは変わらない。

しかし尻穴だけは、生々しいほどくすんだ色で、かわいらしい二人の義妹の身体のなかでは近づきがたさがあった。

皺がきつく寄っている排泄穴《はいせつ》は、ぬらぬらと汗や体液でぬめ光っている。

「あっ、碧ぃ！　そ、そんな、お尻に指なんか……あうぅン」

「いやあん……碧おねえちゃん……お尻、こちょこちょ……く、くすぐったぃ……」

碧は二人のお尻のすぼまりを指でくすぐるように刺激する。染みひとつない白い肌にある、セピア色の肛門がぴくぴくっと神経質に震えた。

「ダメ……二人とも……ちゃんと、兄さんに……うぅ……かわいがってもらうんだから。痛くしないように……」

佑一は本来なら、とめるべきなのだろう。しかし碧の指先が姉妹のすぼまりへねじこまれ、回転されて粘膜を抉《えぐ》られる姉妹相姦の情景にすっかり目を奪われてしまった。

碧の指先が動くたび、身悶える二人の義妹は快感にびくびくっと痙攣《けいれん》する。その姿に佑一の心臓はどくんどくんと活発に動く。

「ゃあ……！　お兄様見ないで、こんな……あぁ、私の姿、み、見ないで……！」

汗に濡れたうなじの後れ毛が色っぽく、室内灯を浴びて雪の結晶のように光る。

「お兄ちゃーん、だめえ……こにょみの見ちゃ、はうぅ、は、恥ずかしいのう！」

ツインテールをくるくると振った少女の悶えはあどけない。

二人はアナルをこねられるたび声に甘い響きを混じらせながら、秘所からは白い蜜をとろとろとしたたる。二人は完全に感じてしまっているのだ。

「ほうら、どんどんやわらかくなってる」

碧の積極的な責めに二人は身体をびくっと激しくしならせながら、指先のピストン運動を受け入れていた。指先が排泄穴《はいせつ》をくすぐるたびに尻たぶの表面が、風に巻きあげられる水面のようにぷるんぷるんと瑞々《みずみず》しく波を刻む。

「さ、二人ともちょっと我慢してて……」

碧は指一本が入るぐらいまで、姉と妹の直腸粘膜をとろけさせる。

そして碧はウィスキーのボトルを取りだし、指によっていくらかくつろげたお尻の穴へ琥珀《こはく》色の溶液を注ぎこみはじめたのだ。それは小さなおちょぼ口がどんどん飲み干していくようでひどく倒錯的な光景だった。

「あ……冷たっ……あぁ……碧……なに入れてるの……ひゅうぅ……あ、熱い……なんか……ふわあぁ」

瑠璃がお尻を突きだす格好のまま、ぴくぴくと震える。やがて直腸粘膜内がウィスキーでいっぱいになったらしく菊穴からぴゅうと溢れた。こぼれた琥珀色の蒸留酒は会陰《えいん》をたどってさらなる染みを畳の上にひろげた。

「あ、アアアッ……あぁ……お尻、ああぁぁ……なにかくる……ああっ……碧ぃ、なに入れてるの……ひ、ひいッ……熱い……お尻のなかぁ、熱くなっちゃう！」

「はあぅぅ……碧おねぇちゃんッ、やん……なんか、いっぱい、きちゃう、こによみのおしりにい、アアアッ……ウゥゥウゥッ……こ、これ、すごい……あぅ……ふぅああぅンッ！」

二人は嗚咽《おえつ》をもらし、肉唇をぱくぱくさせながら、ますます白く濁った愛液を分泌してそれをたれ流す。

「さ、兄さん……二人のとろけちゃったお尻をめいいっぱいエッチしてあげて」

碧は二人のお尻を抱えこむようにして、佑一に見せる。指一本分ほどひろがった肛門には琥珀色の艶めかしいお酒が満々と充ちていた。まるでお尻の穴へ丹念に香油を塗りたくったように、そこは生々しいぬめりを見せている。

「で、でも……」

佑一ははっと我にかえって、妹たち二人のお尻の処女まで奪うということに気が引けてしまう。たしかに、碧のお尻は一度経験したことはあるが、それは本人も一応望んだことだ。そうやって佑一が迷っていると、瑠璃と紺乃美が二人して今にも泣きだしそうな声をあげる。

「お兄さま、お願い……お尻に、ああン……お兄さまのおち×ぽ入れて……も、もぅ……お尻がむずむずして、仕方がないのっ……」

「お兄ちゃン、お願い……こにょみのお尻でエッチして……あぁぅ……もう我慢できなくなっちゃったぁのう」

碧にうながされ、佑一は下腹を叩かんばかりにそそり立った己《おのれ》の屹立をつかみ、そして、瑠璃のひくつく肛門粘膜に押し当てた。

「わかった、いくぞ。瑠璃……」

アルコールが亀頭へ吸着してきて、鈴口がぴりぴりと熱く疼いた。まるで今にも排《はい》泄《せつ》してしまいそうになる。

「はあぁぁ……きてぇ……お兄さまあぁぁぁぁぁあっ！」

直腸へ亀頭を押し当てた途端、見た目にはもうすっかりほぐれきったと思えたアナルが急にきつくすぼんだ。瑠璃が鼻を鳴らし、眉をひそめた。

「ああうぅ！」

括約筋がぎゅうと収縮して、エラを強くこする。輪切りにされそうな緊縛感。海綿体は圧迫感にひどく震え、それだけで絶頂に達してしまいそうになった。

「い、痛いかもしれないけど、が、我慢しろ……！」

「はあぁあん、お、お兄さま……だ、大丈夫……ンっ……はあぁうん！」

佑一が奥歯を噛みしめ腰を力強く押しだせば、亀頭がズンと肛門にうずまる。

「お、おに……お兄さまぁン……はうぅぅぅぅん！」

最も大きな亀頭がうずまれば、あとはびっくりするぐらいスムーズに直腸粘膜にのめりこむことができた。ウィスキーを吸った粘膜はまるで今沸騰したばかりのシチューみたいに火照《ほて》っている。艶めかしくからみつく濃厚さと、奥へと引きずりこもうとする蠕《ぜん》動《どう》運動のつづれ織りに腰が抜けそうだ。

(すごい、やっぱり……締めつけはすごく、き、きっつうぅ……)

ねっとりとしたつるつるの粘膜が、血管が走ってでこぼこしている勃起にへばりつき、吸いあげてくる。その熱烈さに佑一は呼吸をひきつらせた。

「あぁぁ……はあぁん……お尻に……アアッ……お兄さま、きてる……アアッ、お兄さまの熱いの……す、すごぉ……おおうッ……」

肛門は襞がなく、ツルツルしていた。それは碧の肛門でわかっていたことだ。しかしやっぱりねっとりとした生温かさは、肛門特有の、内臓的な生々しさがある。しかし少年にとってはそれは刺激的なスパイスだ。

(俺、今、瑠璃とお尻でつながってる……義妹と……お尻でぇ！)

内臓と切迫していることを実感させ、より生々しい性行為となって男の劣情を刺激する。さらに今はウィスキーまで入っている。アルコール分が亀頭粘膜に染みこんで、尿道がじくじくと疼きだして、むず痒くてしょうがない。

「う、動くぞ……瑠璃！」

佑一はアルコールのおりなす酩酊《めいてい》感にくらくらしながら、腰を動かしはじめた。

「あぁぁ……アアアッ、お、お兄さま！　あああ、お兄さまのおち×ぽ……あっ、はあぅ……私のお、お尻の穴、ずぼ、ずぼってぇ……！」

勢いよく、排泄《はいせつ》粘膜をくりぬく佑一のたくましい生殖器。ひろがったエラがつるつるの粘膜をかきむしるたび、全身の神経が灼けつく。蒸留酒が腸液とからみ合って、一種独特のぬかるみ地帯を作りだし、少年のペニスをのめりこませる。

「はぁ……はぅ……は、はむぅ……く、くるぅっ！」

瑠璃はかんざしでまとめられた髪をほつれさせ、腰から下を蛇のように艶めかしくくねらせた。ズブズブッとのめりこんでくる佑一のたくましいものが粘膜をひろげ、少女の頭の芯に火花を何度も散らせる。排泄の逆流感に背中を粟立たせ、佑一の感触が粘膜に染みこんでくるだけでめくるめく快感がこみあげた。

「はぁ……大きい……ああん、お兄さまのおち×ぽ、すごく……ふ、太いぃ……！」

ウィスキーによってやわらかくほぐされた直腸粘膜は、まるでケーキにナイフを入れるようにスムーズに勃起を受け入れ、包みこむ。

「すごい……ああん、は、入ってぇ……アアッ……アアアアッ！」

だがいくらスムーズに抽送されるとはいえ、ラビアで受けとめても強い衝撃がある佑一のペニスの圧迫感は強烈だ。息を整えなければ、呼吸困難になってしまいそうな圧迫感はラビアで受けとめるより大きい。

（私、私の身体、お兄さまに変えられちゃう……どんどんエッチに変えられちゃうっ……お兄さま色に染められちゃうぅ……ああ、幸せえっ）

お尻が圧迫感によじれて、直腸がびりびりとひきつりを起こす。しかしそれがたまらなかった。快感電流に全身を何度も抉《えぐ》り、貫かれるたび、自分が心の底から義兄によって作り替えられていく実感と、それに対する悦びを覚える。

「あぁぁ、お兄さまぁ、おにいさまぁ……っ」

苦しさのなかに少しずつ慣れていく肛肉。手が届かないところまで一気に押しひろげられる挿入感には身をよじらずにはいられなかった。

「ンッ、はぁっ……あああン……うぅン、うふ、むふ……くふぅぅぅ……！」

メイド長は膣のような全身がぐぢゅぐぢゅになってしまいそうな快感ではなく、常に身体が緊張してしまう鋭く、いつ途絶えるか知れない恒久的な快感に酔いしれる。

瑠璃は全身から玉の汗を吹きだす。そして何度も身体をのけ反らせて、たわわに実った乳房をぷるぷるとたわませた。

瑠璃の肛門は彼女の性格と一緒で情が深い。粘膜全体がぴくぴくと痙攣《けいれん》しながら、海綿体の根元から先端にかけてねっとりとからんでくる。

「ああん……お兄さま……素敵ぃ……はあぁ……あああっ……お尻、いぃ……私、お尻ですごく、か、感じちゃう……」

佑一がさらに抽送を見舞おうとしたその時。

「あん……お、お兄ちゃぁん……こにょみ、も、もう我慢できないよう」

紺乃美の今にも泣きだしてしまいそうな物欲しげな声。彼女はさっきからウィスキーと粘膜の疼きに耐えていたのだ。もうこれ以上焦らしては自分の指でお尻をかき混ぜてしまいそうな切迫感が伝わってきた。

「よし、わかったっ！」

佑一は砲身を瑠璃から引き抜く。

「あぅ……！」瑠璃がくぐもった悲鳴をもらす。

勃起がアナルから抜かれるとウィスキーがぼちゃあと大量にこぼれ、ねっとりと糸を引いてたれ落ちる。

それを見届けながら、今度は紺乃美の肛門に亀頭を押しつける。

瑠璃とは身体の大きさが違うだけに、アナルの開き具合も小さかった。

(こ、これ本当に大丈夫なのか)

まだ瑠璃の時には大丈夫なようだったが、少し紺乃美のは無理な気がした。

「は、はやくぅ……お、お兄ちゃん……あぅ……あうう……こ、こにょみ……このまじゃ、お、おかしくなっちゃいそうなのぅ……かゆくて、お尻、むずむずしてぇ！」

アルコールを塗りこめられた粘膜がじくじく疼いてつらいのだろう。紺乃美は大きな瞳に涙をいっぱいに溜め、本人は意識していないだろうがうわずった声を耳にしてはやらないわけにはいかない。

「よし……いくぞ紺乃美……いいか、つらかったら言うんだぞ……絶対、言えよ、我慢するんじゃないぞ」

念には念を押して紺乃美に言い聞かせ、佑一はウィスキーと瑠璃の腸液でいやらしくぬらついた逸物を、幼メイドのすぼまりへ押しつけた。

（ああああ……や、やっぱりすごいやッ）

入り口に亀頭をはめこんだ瞬間の絞りはすごい圧迫感だ。それは瑠璃の比ではない。まず先端部分を直腸穴へ引っかけるということがかなりの重労働。少し粘膜穴のなかをかいくぐるたび、括約筋が敏感に反応して逸物が挟みこまれる。

「お、おにぃちゃんっ……っ……アッ、アアッ……う、ン……アッ……。こにょみのお尻、びりびりってえっ……あっはあぁっ……！」

佑一は腹筋に力を入れ、歯を食いしばりながら、なんとか押しこんだ。その瞬間、亀頭の先端がズボッと粘膜を押しひろげる。亀頭に痛みにも似た電撃的なショックがほとばしった。

「あああぁ……お、お兄ッちゃぅ……んふうぅンッ！」

亀頭がようやくアナルのなかに沈みこむと、ぴくぴくと紺乃美の身体が震えた。

佑一も抵抗感を味わって、全身で呼吸するように肩を大きく上下させる。

（うわ……す、すごいひろがってる……）

今にもお尻の穴が、佑一の体を全部を呑みこんでしまうと錯覚するほど、お尻のなかでアナルのひろがる様は際立った。自分の赤黒い砲頭がはまりこんだ様は痛々しくも、ひどく神秘的なものにも見えた。

ズヌ、ヌプ、ヌプヌプッ。

「あああぁぁ、お兄ちゃんがぁはいってくるう……っ」

挿入した瞬間にウィスキーがアナルから溢れ、じりじりと亀頭粘膜にからみつく。双子髪が痙攣《けいれん》するみたいに小刻みに揺れた。

「う……動く、ぞ……紺乃美ッ」

佑一はあまりの締めつけの鋭さに我慢できず、半ばぐらいで腰を振りたくる。

「きゃあぁぁ……お兄ちゃぁん……アアアッ……ひいい、お兄ちゃん、すごい、お兄ちゃんのものがどんどんつっついてきて……はあぁぁ、すごい、こにょみのお尻の穴、ずぼずぼって……はあああぁぁぁぁあああぁ……ッ！」

紺乃美は自分の身体に迫ってくるたくましい肉塊の存在感と重量感、圧迫感に悩ましげに眉をたわませ、腰全体をしゃくる。

「紺乃美ぃ……あああっ、紺乃美い！」

「はあ……お兄ちゃんすごい……お兄ちゃぁんのすごいんですう……ああうぅン」

勃起で腸肉をほじくるたびにウィスキーがこぼれて、その飛沫が畳へ飛び散った。ほとばしる快感にあらがうように腰をうねらせれば、紺乃美の小さな身体がそのままばらばらになっちゃうんじゃないかと思うぐらい飛び跳ねる。義妹と、排泄穴で結び合う、二重の背徳感が理性とせめぎ合って、頭のなかで火花が何度となく弾けた。

「あ、あぁぁ……こ、紺乃美、そんなに締めつけられたら……お、俺ぇ……アアッ」

屹立にはねっとりと泥のようなねばっこさで粘膜がからみつき、ぎゅうと激しく絞ってくる。腰椎から脊椎《せきずい》に赤い電光が何度もまたたき、佑一の全身が鳥肌立つ。

「ご、ごめんなひゃぃ……で、でもぅ……お尻……ひぃン……おひりが、こにょみのお尻が勝手に締めつけちゃうからぁ……」

佑一は腰をずんずんと動かし、紺乃美の直腸を隅から隅まで全部味わうつもりで、むさぼるように腰をしゃくった。

８の字に粘膜を繰りひろげ、子宮近くの粘膜をぐいぐいと抉《えぐ》る。

「はうぅ……ああん……あん、こにょみ、お尻、ほじられてきもちいい……っ」

佑一のたくましい肉竿が粘膜をこするたび、紺乃美はあられもない嬌声《きょうせい》をあげる。ツインテールが悩ましげに痙攣《けいれん》した。

「あっ……っはあぁ……ああっ……うぅっ！」

少女の身体が、佑一の抽送によってぴょんぴょんと飛び跳ねた。紺乃美の童顔のなかでつぶらな瞳が快感に潤んでいる様は、妖しい魅力を持っていた。

「はああ……紺乃美ッ、アアッ……気持ちいいよ……紺乃美のお尻が、俺のものっ、ぎゅっ……ぎゅってしてきてえ……はあぁぁっ……！」

びりびりと鋭い快美が電撃のようにほとばしったかと思うと、そのあとには体の奥からぽうっと暖かくなるようなやわらかな快感があとを追ってやってくる。

「お、お兄さま……紺乃美のばっかりずるい……私……わたしぃのもぅ……！」

待ちかねたらしい瑠璃がお尻を寄せてくる。肛門がぱっくりと開ききって、色が濃くなってぴくぴくとひくついている内膜をさらしていた。

「よ、よし……二人交互にしてやるぞっ」

「ひゃぁう……あぅ……お、おにいひゃゃゃんッ……！」

佑一は紺乃美からペニスを引き抜く。腸液とウィスキーの混合液が糸を引いて、幼メイドと少年の勃起とをつなぐ。

少年は瑠璃の排泄穴《はいせつ》へと逸物を押しこんだ。下半身を二人のお尻にぶつけ、ぷるんというやわらかな反発感を味わう。

「はあぁぁぁ、お兄さまのきたあぁぁぁ……ああうぅぅ……！」

待ちわびたように粘膜がすぐに少年の勃起にからみついて、熱い腸液をまぶしてくる。今度は抽送する際のひどい抵抗感はなかったが、その分締めつけはこなれてさっきよりも大きな圧迫感で海綿体全体が包みこまれた。

「ああ、瑠璃ぃ……ってはあぁっ!?」

(な、なんだ……?)

佑一はお尻に違和感を感じて声を裏返す。

横目で見ると、そこには碧がいた。いつの間にか、佑一の背後にまわりこんでいた碧。そして、少年の臀部のすぼまりへの圧迫感。粘膜を火であぶられたかと思うほどの、強烈な灼熱に体をのけ反らせる。

「うぅぅうぐ……あ、あおぃ……!?」

碧は佑一の尻穴へ指を突っこんでいた。ひんやりと濡れた指先には少女の唾液がたっぷりとつけられているようだった。

肛門に入ってきた指先は、最奥のこりこりとした部分を刺激してくる。

「アッ、うぅ……ン!」

脳天から爪先に雷が落ちたと思うほど激しい快感が押し寄せた。勃起もますますふくれあがり、血流の通りがさらによくなる。睾丸が内側から膨張してくるようでたまらない。

「兄さんやっぱり感じるんだ。ここ男の人が感じるっていう前立腺っていう場所なのよっ」

碧は妖しく笑ったかと思うと、さらにアナルをほじくる指先のねじりを強くして、前立腺を激しく刺激してくる。佑一は紺乃美の肛門を抉《えぐ》った。

「だ、ダメだ、碧……そんなにいじったら、お、俺……すぐ、だ、ダメになるぅ！」

指の振動がお尻に染みこむだけで、勃起の反りかえりはますます激しくなって、背骨が熱くなった。海綿体が煮えとろけてしまいそうなほど熱くなる。

「お兄ちゃぁん……そんなに激しくしたらお尻、さ、さけ、ちゃう……！」

紺乃美が涙やよだれで顔をぐじゃぐじゃにしながら、最年少とは思えないほどの淫《いん》靡《び》な表情を見せた。

佑一は碧に前立腺を刺激されるたびに、体の内側からこみあげてくる衝動のなすがままに、義妹たちのアナルをペニスで交互に抉る。もうどっちの排泄《はいせつ》孔を犯しているのか少年にもわからない。頭が混濁してきて、まるで日射病にでもなったみたいだ。

「お兄さまぁ……いい、イイのうッ。気持ちよくてたまんなくなるんです、おお、オオオオッ!!」

「ふあああぁ……お、お兄ちゃぁん、大きく、いやあ……こにょみのお尻さけちゃいそうぅ……にゃううぅんッ!!」

義妹たちのひくつく腸粘膜を荒っぽく削る。そのたびに腰が痺れ、射精欲求が鎌首をもたげて、肉棒が痙攣《けいれん》した。勃起にからみついた血管が破裂するかと思うほどの鬱《うっ》血感《けつ》に佑一は目が眩《くら》む思いだった。

「ああッ……碧……うぅ……碧ぃ……も、もう……お尻だめえ……俺、変になる」

佑一のうつろな声が聞こえた。

碧の頭のなかはぐらぐらしていた。酔っぱらった瑠璃にウィスキーを無理矢理飲まされ、頭のなかはパニック状態だ。いつもより精神が高揚して、ハイになっているのはわかった。でもそれだけじゃない。佑一が自分の指で感じてくれている。そう考えるだけで幸せになってしまう。全身の神経が敏感になって感じてしまう。

「兄さん……ああん……兄さん……っ！」

うわごとのように碧が声をもらす。碧は少年のお尻をほじくりながら自分のお尻をぐいぐいとこすり、快感をむさぼる。かつて佑一のペニスを受けとめて絶頂を覚えたアナルは、腸汁をどろどろとたらしながら痙攣していた。排泄《はいせつ》孔を抉《えぐ》られる快感が、酩酊して興奮した少女の肉体を振りまわしている。

（もう兄さんイキそうなのね。真っ白でべとべとの精液、いっぱい吐きだすのね）

佑一の括約筋が指をぎゅぎゅと定期的に締めつけるたび、ぞくぞくと快美のふるえが全身をよぎった。義兄の肛門が激しく震えた。義兄の声がうわずり、瑠璃と紺乃美を犯す腰の動きにも余裕がなくなっている。臀部のえくぼがいやらしくひくつく。

（私も……私もイ、イキそう……自分でお尻ほじりながら、イッちゃうよ、兄さん！）

少女は腹筋に力を入れて、自分の指をぎゅうと締めつけた。


「イク、アアアッ……も、もうダメだ!!」

ずぽっと佑一は絶頂寸前まで勃起したペニスを引き抜いた。その瞬間、海綿体が内側から熱く燃えあがり、一気に精液を放つ。

ドグッドグッと放出されたスペルマは、義妹たちの身体に雨のように降り注ぐ。

「ふあああぁぁぁ……熱い、あああん、お兄さまの精液、熱いぃ……ひいい、熱い！……イク、イク……！」

瑠璃のかんざしが落ち、つややかな黒髪が満潮を迎えた海のようにさあっとひろがる。

「お兄ちゃぁん……ひいい、燃えちゃう……ヒィア、アアヒ……とぶのう、アアアッ……こにょみ、とんじゃうのぅぅ！」

「兄さん……兄さん……くふうぅぅぅぅぅぅぅ……！」

三姉妹は身体を大きく反りかえらせ、絶頂の飛沫を股間から噴きあげた。

全身から力が抜け、清楚《せいそ》な和室にむっと生々しい熱気が立ちこめる。

（まさか、姉妹全員そろってお酒を飲むと豹変《ひょうへん》しちゃうなんてな……）

佑一はいそいそと立ち働く、三人の義妹メイドたちの姿を目で追いかけながらソファーに寝そべっていた。

無理にウィスキーを摂取したのがいけなかったのか、まだ完全には頭痛が取れていないし、歩こうとすると少しふらふらする。

それに対して三人はまるでそんな余韻もなにもない。

しかし三人とも、酒を飲んでからの記憶をキレイさっぱり忘れていた。まさか自分たちが酒に酔い、淫らな痴態をさらしたなんて予想だにしていないだろう。

結局、和室に四散した体液の汚れは、お酒をこぼしたということで誤魔化すことができた。しかしもし真実を思いだしたら、三人はどんな顔をするのか。正直ちょっと見てみたい気もした。きっと、瑠璃なんてあまりのショックに卒倒してしまうだろう。

佑一は碧の姿を目で追いかける。

（お前は俺のこと、兄さんってしおらしく呼んでたんだぞ。ああ、正直、あんな碧がちょっと懐かしいな……）

今も耳に残る兄さんと呼ぶ、碧のどこか甘えた声。そして、瑠璃と紺乃美のお尻の穴のはじめてを奪ってしまったという生々しい感触がよみがえってくる。

「……ねえ、ちょっと平気なの？」

気がつくと目の前には碧が立っていた。

「うわっ……ど、どうしたんだ、碧」

「どうしたんだ、じゃないでしょうが。……あんた今、目がうつろだったわよ。平気なの？　こんなところじゃなくて、ちゃんとベッドで寝たほうが……」

「へえ」佑一は思わず伸びやかな声をもらした。「心配してくれるのか？」

「違うわよ、こ、これは……その、あれよ、あれっ！　姉の不始末は、妹である私の不始末でもあるわけだし。心配って言うか、けじめで……そうよ、けじめよっ！」

碧は大きな声を出すと、まわりをちらちらと眺めた。それから佑一へ顔を近づけ、忙しなく動きまわっている瑠璃を指す。

「姉さん、実は酔っ払ってかなりひどかったんじゃない？　まったく……ウィスキーまで持ってきちゃうんだもん。……ごめん、こればっかりは謝るわ。さすがに今回は姉さんに非があるから……ねえ、本当に酔っ払って、ちょっとあんたにからんだだけなの？　本当はもっとすごいことしたんじゃない？」

碧たちには酒で酔っ払って少し陽気になったとしか伝えていない。

「い、いや。本当に、そんな大したことしていないぞ」

「そう……。ま、私は全然平気だろうけど……姉さんには前科があるから」

碧は自分の理性を完全に信用しきっているようで、自分に関しては心配しているような様子は少しもない。

そういうお前も結構すごかったんだぞ？　いや、お前が一番すごかったんだぞ、なんたって姉と妹のお尻の穴を刺激して、俺が挿入しやすいようにしてくれたんだからな。ついでに俺の穴も掘ったんだぞ。

佑一は喉もとまでこみあげた言葉を呑み下す。

（ま、こっちのほうが、らしい、か……）

「兄さん」と呼んでくれて、甘えてくれる碧はたしかによかった。でもやっぱり碧はいつもの彼女のほうが、らしい。

そう思うと、佑一の口もとは知らずにほころんだ。

「な、なに笑ってるのよ、気持ち悪いやつっ」

メイドは汚らしいものでも見るように横目でにらみつけてきた。

「あ、ごめんごめん……なんでもない。いやあ、だいぶ体の調子が戻ってきたからさ」

「そ。ま、あんまり無理しないで。ただでさえ見合いの練習なんかやって仕事が遅れちゃってるんだから。これ以上余計な仕事は増やさないでよねっ」

碧はなぜかぷりぷり怒りながら、仕事に戻っていく。

（うーん……やっぱり、あの時の碧のほうがいいなっ、やっぱり！）

佑一は酔っぱらった義妹を恐れる一方、少し懐かしく思った。

妹たち
私たち、お兄ちゃんに夢中だよ♥

「はい、これで大丈夫です」

ネクタイをきゅっと締めて、瑠璃は優しくほほ笑んだ。縁なし眼鏡の奥の瞳が柔和な光を放っている。

佑一も、メイド長の軽やかな声にうなずきながら、姿見で自分の姿を見る。

見合い当日の朝。

スーツ姿の自分。顔は緊張に強《こわ》ばっていた。断ると最初から決めて臨む見合い。

それにしても、やっぱり緊張するし、それまでは全然感じなかった相手への罪悪感も少し顔をのぞかせた。相手はきっと、この見合いは最初から成功するものと決めているに違いない。佑一の父親、大五郎が了承した見合いだ。

「ふわあ！　ご主人さまぁ、すてきぃ！」

紺乃美が弾けんばかりの笑顔をのぞかせる。

佑一は末妹メイドの姿に強《こわ》ばっていた表情をゆるめる。

「紺乃美もそう思うか、ちょうど俺もそう思ってたところだ」

「ご主人さまぁ、まるで王子様みたいっ！　お見合い、がんばって！　あ、でもぉ、ぜったい流されないでね！　こにょみとのお約束う！」

「も、もちろん、大丈夫だって」

佑一の心のなかにある不安を見抜く紺乃美の言葉に、少年はぎくりとしながらも表情をつくろう。そして少女と指きりげんまんのささやかな約束をした。

「……そういえば碧は？」

いつもは食事の場で会えるはずなのだが、今日に限って、碧はあの場にはいなかった。今日は一度も目にしていない。

「ご主人様、申しわけありません。あの子朝からなんだか張りきっちゃって、あっちこっち走りまわって……全然つかまらないの。もぅ、あの子はご主人様の身のまわりのお世話をするのが最優先の務めだというのに……」

ほんとうに困った子、とメイド長は軽くため息をついた。

「そっか……」

碧にとって自分が誰と見合いして、その結果がどうなるかなんてどうでもいいことなのだろう。なにせ、佑一はカンペキ嫌われているのだから。

わかってはいたが、実際本当に気にもされていないのだと思うと少し悲しかった。

「しょうがないか。捜してると、遅刻するかもしれないからな……見合いを断るんだから、せめて時間通りに行かないと……」

見合いの開始は午後一時から。

あと二時間ほど余裕がある。会場はここから車で三十分ほどの料亭だ。しかし休日だから道は混んでいることが予想される。余裕をもって出ていったほうがいい。

「それでは車をまわしてきますね。……紺乃美、私はご主人様を送るから、仕事やっておいて。あと碧に会ったら、ご主人様は会場に出かけたことを伝えておいて」

「はあい！　ご主人さま、がんばってくださいっ！」

「うん、任せておけって」

佑一は手をあげてほほ笑み、屋敷を出た。

それから瑠璃が車を手配してくれるのを待ちながら、すうはあ、すうはあと何度も深呼吸をした。

（はあ……うまくやれるかなぁ。紺乃美にはああ言ったけど、うぅ……実際どうなるかさっぱりわからない……ああ……）

パーティーには何度も出たことのある佑一だが見合いははじめてだ。そのうえ、相手をフらなければいけない見合いだ。これはかなり勇気がいる。本番の時間が差し迫ってくるにつれて否応なく緊張感は増した。胃袋がきゅうと引き締まるような気がした。佑一は自分の小心さが心底いやになる。

「……ご主人様？」

「る、瑠璃っ……」

心配そうな顔をした瑠璃が、佑一の顔を覗きこんでくる。

「ご主人様、緊張してますか？」

佑一の心のなかを覗きこもうとするように、メイド長は瞳を輝かせた。佑一は愛らしい義妹の急接近に胸がどくんどくんと高鳴るのを感じた。

照れた少年が直視しきれずに瑠璃から顔をそむけたその時、その隙をつくようにメイドはさらに顔を近づけてくる。

「あっ……」

頬に触れたやわらかく、鮮やかな感触。それはまさしく、メイド長の甘い唇。そして彼女のたなびく髪から香る、さわやかな色香。

佑一は目を真ん丸に開いて、瑠璃を見た。

「緊張、ちょっとはほぐれました？」

彼女は小さく背伸びをした身体を元に戻し、ほんのりと頬を赤らめて、はにかんで笑った。そして少年と目を合わせながら、そっと唇に人差し指を添える。

「碧と紺乃美には内緒ですよ、お兄様……」

瑠璃は佑一の手を引っ張る。しなやかな指先、温かな手のひら、肌理《きめ》の細かさ。やわらかさが手にしっとりとなじんだ。

「大丈夫。お兄様……ご主人様ならきっと大丈夫、できます。緊張しないで。……さ、乗ってください……遅れてしまいます」

メイド長にうながされ、佑一は後部座席に乗りこんだ。

「……もし」

「え?」

佑一は顔をあげた。ルームミラーごし、メイド長と視線がかち合う。

「もしご主人様の気が変わったなら、かまいません。ご自分のお心に従ってください。ご主人様はお優しいから……無理はしないでください。……ご主人様の幸せが、私たちメイドの願いだからっ」

佑一は「う、うん」と小さく言うだけで、少女から視線をはずした。

「ただいま」

瑠璃はエプロンをぱんぱんと払いながら屋敷に戻った。

（ああ、ご主人様、すごく悩んでいた……）

脳裏にちらつくのは佑一の深刻そうな顔だ。

（もし私がお見合いなんて行かないでって言ってたらご主人様……お兄様は、きっと行かなかった——ってなにを考えてるのよ、瑠璃！　今の私はなに？　メイドじゃない！　ご主人様の意志がどうであれ、私はなにか言えるような立場じゃないのよ）

メイド長は自問自答の末に「はあ」と大げさにため息をついて、気を落ち着かせる。

やっぱりメイドとしては割りきれても、義妹としては佑一がお見合いに出ることは喜ばしいことではない。

（ああ、お兄様）

瑠璃は唇を撫でる。佑一をリラックスさせるためだとはいえ、メイドという本来控えているべき自分が、主に対してキスしてしまったことはメイドをとりまとめる身分にある者として褒《ほ》められたことではない。やっぱり勉強の場よりも実際の現場は予想外のことが起きすぎる。ううん、それよりも私にキスをさせたのは妹としての気持ちが大きい。

「……姉さん、どうして百面相なんかしてるわけ？」

「はう！」

瑠璃は碧の登場に顔を強《こわ》ばらせた。妹は「おかえり、姉さん」と、リズミカルに階段をおりてくる。

メイド長はこほんと空咳をひとつしてから、腰に手をやった。

「……おかえり、じゃないでしょう、碧っ。……あなた、ご主人様のお見送り、ちゃんとやらなきゃダメじゃない……まったく、もぅ」

「し、仕方ないじゃない……。仕事してたんだから」

碧は気まずそうに顔をそむけた。

「……ご主人様、すごく不安がってたわ。無事、断れるんだろうかって……」

「へえ、珍し。……でもやっぱり当日になるとそんなもんよね。……姉さん、あいつ無事に断れると思う？　私は無理だと思う。どうせ、見合いの雰囲気に流されちゃうに決まってるんだから。ねえ、そうしたらどうするの？」

「……あくまで私たちが尊重するのはご主人様の意志なんだから。もし流されたとしてもご主人様がどうにかしてほしいと言わない限りはなにもしない。お願いされれば、メイドとして全力でお助けする。……すべてはご主人様次第」

「ふうん。……えらいんだ、姉さん」

碧のどこかからかいのニュアンスを含んだ言葉。その瞳は『優等生』を見るようで、瑠璃のあまり好きじゃない色を浮かべていた。

「私はそんなに大人にはなれない。さすがはメイド長だけのことはあるね」

瑠璃はいつになくつっかかってくる、妹をいぶかしく思った。

それにいつもの碧なら、佑一のことに関してはきついことしか言わないはず。それが今はどこか同情的だ。

「どうしたの、碧……もしかしてご主人様のこと、心配？」

碧は肩をすくめて「べ、別になんでもない」と言う。落ち着いた口調で必死に、自分の心をカモフラージュしていることは、血を分けた姉だからこそすぐにわかった。

「じゃあ、私、仕事あるから」

次妹は脇をすり抜けようとする。

「ちょっと碧、どこ行くの！　話はまだ終わって……」

「買いだし……買いだしに行くの、これから！」

瑠璃は碧の手首をつかもうとするが、妹の返答に一度伸ばした手を引っこめる。

「紺乃美に頼まれたの。紺乃美なんだかはしゃいじゃって。あいつが帰ってきたら、極上のお料理を振る舞うんだって……だから。それじゃ、行ってくる」

足早に立ち去った碧に、瑠璃はふうとため息をついた。

「あ、おかえりなさぁい、お姉さまあ！」

「ただいま、紺乃美もどこか出かけるの？」

紺乃美は小脇にお財布を抱えていた。

「今からこにょみ、ちょっとお買い物。今日、ご主人さまのために、美味しいお料理をいっぱい作ってあげるの！」

紺乃美は夏の陽射しの照りかえしのようなまぶしい笑顔を見せる。

「待って、紺乃美。買い物って碧に頼んだんじゃないの……？」

「碧おねえちゃん……？　ううん……私、まだ碧おねえちゃんに会ってないもの」

メイド長はなにかに弾かれるように自分の背後を、屋敷の表玄関を見た。

しかし碧の姿をとらえることはできなかった。

見合い会場である料亭。

佑一はそこで見合い相手と向かい合いながら、背筋を伸ばしてかしこまっていた。

相手の少女は篠笹鏡。着物のよく似合う、佑一と同い年の少女。

鏡は見合い写真からそのまま抜けでてきたように、その美しさに少しの違いもない。

いや、写真にはなかった活きいきとした生命のほとばしりが感じられて、少年の思考を魅了する。

「いやあ、あっはっはっは、噂はかねがねキミのお父さんから聞いていたが、すばらしい男ぶりだな、まったく。アッハッハッハ……」

鏡の父親、林蔵《りんぞう》は呵々大笑《かかたいしょう》する。隣りでは鏡がくすりと口もとを軽やかにゆるめた。

鏡は佑一と同い年だから、そうなると義妹たちと五歳と年が離れていないにもかかわらず、すごい落ち着きぶりだ。

その可憐《かれん》で上品な雰囲気と姿に、佑一の頰は赤くなった。

(うぅ……やばいどうしよう……)

緊張は最高点をマークして、少年はいったいここからどうやって見合いを断るという話に持っていけばいいのかわからなくなり、頭が真っ白になる。

「ハッハッハ！　今後はうちとの親密な交際を通じて、娘と私の会社ともどもよろしく頼みたいものですなあ！　ワーハッハッハッハ！」

「……もぅお父様ったらぁ。佑一さん、困っていますよ」

「おぉ、こりゃ、いかんいかん！　いやいや、ついつい。キミほどの男ぶりのよい若者に娘をもらっていただくと思ったら興奮してしまってね、アーハッハハッハッハ」

やっぱり目の前の父娘にとって、この席は見合い、という名の、夫婦になるであろう二人の顔合わせという認識のようだ。

「……お、お父様ったら……まだ、私たち、会ったばかりなんですよ」

鏡はもじもじと身をくねらせながら、顔を伏せた。

しかしその表情はまんざらでもなさそうだ。

(やばい……い、言えないっ！)

フらなければならない。そのことがいよいよ重荷となって佑一の肩にのしかかった。

「うむうむっ。それではそろそろ若い二人で話でもだな。年寄りは失敬するとしよう」

「えっ……」

今少年の頭のなかは雪原のように真っ白で、全身は金縛りにでもあっているかのように緊迫している。この状況で鏡と二人っきりにされたらとてもじゃないが、まずい。絶対、彼女の言葉には『ノー』とは言えない、絵に描いたような己の見事なイエスマンぶりが想像できてしまう。

佑一の頬をねっとりとしたいやな汗がたらりと流れ落ちた。

(どうにか、しないと……どうにかっ……え、えっと……昨日のことを思いだすんだ。昨日、あれだけ練習しただろ!)

だが、昨日の記憶として頭に浮かびあがってくるのは三姉妹の淫靡《いんび》な姿に、股間にねっとりとからみつく粘膜の生々しさ、アルコールの甘い酔いだけだった。

(も、もうダメだああああ!)

佑一が心のなかで猛々《たけだけ》しくわめきをあげた、その時。

「……失礼します」

襖《ふすま》が開き、身なりを整えた女中が現われる。しかし佑一はそんなところへ視線を向ける余裕はなにもない。

それればかりか、鏡の顔をも正視できずに「ああ」と胸のなかで軽く嘆息しながら、膝の上でがっちりと握りしめた自分の手を見つめるばかり。

「ん、なんだね、キミは……」

林蔵の声が戸惑いに揺れる。

「おい、キミ⁉」

林蔵の声が切迫に満ちた途端。佑一は体をぐいっと引っ張られる強引さに、「うわ！」と目を白黒させた。

気づくと、佑一は女中に手を引っ張られていた。

「お、おぃ、な、なにする」

少年の顔が強《こわ》ばる。佑一の視線がとらえた女中は誰であろう、碧だった。

「ど、どぅして！　碧がここに⁉」

佑一の頭は混乱に次ぐ混乱に、極めつけの碧の登場に完全に思考を停止した。

「申しわけありませんが、このお見合いの話、なかったことにしてください。それでは、今日はお集まりくださってありがとうございましたっ」

碧は佑一を引っ張りながら口走る。

佑一の視界には、突然の女中による見合い相手の強奪に唖然《あぜん》として、口をぽかんと開きっぱなしにする篠笹父娘の姿が映っていた。

「お、おい待てって……」

佑一は碧に引っ張られて料亭を出て、歩道のところまで連れだされる。

「お、おいっ、碧……」

佑一の呼びかけに対しても碧は無我夢中という様子でぐいぐいと引っ張る。

スーツ姿の佑一と、濃紫の女中服姿の碧という奇妙な組み合わせの男女に、歩行者の目が自然と集中した。

「待って、と……とまれよ、碧ッ！」

佑一が大声をあげるとようやく少年の腕から、碧の指先がほどかれた。彼女は佑一に背中を向けたまま動かない。少年は自分のなかでようやく頭の整理をつけられる状態になったことを自覚すると、ふうと軽く息を吸った。

「……碧、どうして、お前……あそこにいたんだよ……っていうか、あの料亭で働いているのか？」

朝から一度も姿を現わさなかった碧がどうして、あの料亭の女中として働いていたのか佑一はわけがわからなかった。

「馬鹿っ、どうしてメイドの私が屋敷以外で働くのよ。そんなわけないじゃない」

「じゃあ、なんであそこにいたんだ？」

「潜入したのよ。あんたがここで見合いするんだから、ちゃんとできてるか確かめるためにね」

事もなげに碧は言った。

「せ、潜入？　潜入って……なんで、っていうか、碧に場所のこと言ったっけ？」

碧は佑一のポケットに手をすべりこませ、なにかを取りだした。

それは校章。校章型発信器だった。

校章は本当に微々たる大きさだ。佑一は全然気がつかなかった。

「これよ、これ。あんた一人のためにこんなもの作るなんてって最初は思ったけど、思わぬところで役に立ったわね」

「碧、そ、そこまでして俺のことを追いかけてきてくれたのか？」

もしかして俺のことを心配してくれたのか、その言葉が出かかった。

しかし、碧の視線はきびしいものであった。

「言っておくけどっ。別にあんたが心配で行ったわけじゃないわよ！　私はあくまで、あんたがちゃんと断れるかどうかを見にいったんだからねッ！」

ほんのりと頬を染めた碧は、自分のことを誤魔化すように視線を険しくさせる。

「……そんなことよりっ！　あんた、あの女のことといいなって思ってたでしょ。あのまま場の雰囲気に流されそうだったたでしょ!?」

「え、あ、い、いや……別に……お、俺は……そんなわけでは……」

なんとかごまかそうとする佑一。しかし碧の的を射た痛烈な指摘に佑一は「うぅっ」とうめきをもらす。

「でも俺は……こ、断るつもりで……って、とりあえず当日はまあ、話を適当に合わせてだな。じっくりやろうって……返事は二、三日後のほうがいいって言ったのは碧じゃないかっ。どうしてあんな無茶したんだよ」

「アレは仕方ないのよ！　あんた相手の空気に呑まれちゃってたし、あれで私があそこで断ってなかったら、どうせ、あのまま二人で夜の食事やなんやかんやって引きずりまわされた挙げ句、いつの間にか肉体関係を結ばされて既成事実作られて……ってなに言わせるのよッ!!」

自分で言ったことに羞恥を覚えた碧は逆ギレしてわめく。碧は顔から湯気が出そうなぐらい顔を紅潮させながら、鋭く手をかかげる。

（な、こんな往来でやる気か!?）

佑一が殴られると身構えたその時、少年の横へすーっとタクシーが一台。

碧は手をおろし、一人身構えた少年へ疑問符の浮かんだ視線を見せる。

「あんたなにぼうっとしてるの、もうお見合い終わったんだから帰るんでしょ……ほら、早くしなさいよ！」

「……え、あ、どぅわ!?」

げしっと蹴りを一発見舞われて、佑一はタクシーの座席奥に転がりこむ。

「くぅ……あ、碧……お前、もう少していねいに、だな……いちおう俺、ご主人さまなんだから、さぁ……」

背中に鈍い痛みを覚えながら、抗議をしたその時。

「いたぞ!」

「誰か、あの女だ、あの女を捕まえてくれ!」

「将来の義理の金ヅル息子がさらわれた!」

と、矢継ぎ早な林蔵のあわてふためく声が響いた。

「碧っ!」

碧は屋敷の近辺住所を運転手に手早く簡潔に伝える。

「運転手さん、早く出してっ」

急かされたタクシーはタイヤが数回空まわりするほどの急発進をして、追いすがろうとする林蔵と鏡の姿はすぐにちっぽけな点になって見えなくなった。

「も、申しわけありま、せん……」

碧は電話から聞こえてくる大五郎の言葉に、何度も頭をさげた。海外に母と旅行している大五郎の耳に、見合いでの佑一強奪事件のことが届くのはあっという間のことだった。

そしてその犯人は誰かという話になり、碧は自分であることを包み隠さず明かしたのだ。

「碧、アカデミーで優秀な成績を修めたキミがどうしてこんなことをしたんだ……」

義父の声は弱々しく、哀しみの色がにじんでいた。もっと激しい叱責を覚悟していただけに拍子抜けで、それだけに余計つらかった。

「ごめんなさいっ……」

どうしてお見合い会場に乗りこむなんてことをしてしまったのだろう。

正直、碧自身にもよくわからなかった。ただ夢中だった。

佑一がお見合いの場の雰囲気に呑まれてしまうんじゃないかということはずっと頭にあった。もしかしたら相手の女性と交際してしまうのではないか、そう考えると居ても立ってもいられなかったのだ。

瑠璃はたとえ結果がどんなものであろうとも佑一が選んだことならば、それを受けとめて祝福するべきと言って、紺乃美もしぶしぶながらそのつもりだったみたい。

でも碧はそんなことイヤだった。

たしかにメイドなら、主人の言葉は絶対だし、主人が望んだことなら、それをできる限り応援してやるのが使用人の役目だ。

でも私たちと佑一の関係はただの主従ではない。

義理とはいえ兄妹の関係なんだし、なにより幼い頃には仲のよかったお隣りさんという関係だ。

メイドとしての自分、そして義妹としての自分。碧はそのどちらを優先したらいいのかわからなかった。どちらも大切で、どちらも失いたくない。

でも、どちらも今の自分にとってはサイズの違う服のようでどうもしっくりこない。

「ごめんなさい……」

つかみきれない心をもてあまし、少女の口からはそんな言葉しかでてこない。

自身がしてしまったことが今さらながらに悔やまれた。

自分のせいで、どれだけ多くの迷惑が、義父へかかってしまったのだろう。

それを考えるにつけ、碧の身体は小刻みに震えた。自己嫌悪と恐れがぐちゃぐちゃになって、降り注ぐ。

「わ、私……っ」

目頭が熱くなる。こみあげてくる熱い感覚。

碧は呼吸がしゃくりあげそうになるのを抑えながら、全身に渦巻く感情の波を必死に表に出さないよう努める。

「メイドを……わたし……や、やめて……せ、責任を……」

自分がメイドをやめることで、どれだけのことになるかはわからない。きっとそんなことをしてもなにも変わらないし、誰も納得しないだろう。

それでも、今の碧にとってはそれ以上なにをすればいいのかわからなかった。

涙がにじむ、もうこらえきれない。碧が「ひくう」と鼻を鳴らしたその時。

受話器がさっと奪われた。

「なに、碧を泣かしてんだよ、馬鹿オヤジ！　碧は全然悪くないんだからなっ！　え、誰だって……俺だよ、あんたの息子だよ！　舌打ちするんじゃないッ」

「え……!?」

碧は目を大きくする。なにが起きたのか一瞬わからなかった。

「いいか、馬鹿オヤジ、今回のことは俺が全部碧に頼んだんだ。俺じゃ、あの場の雰囲気に呑まれて、断りきれなくなるかもしれないから」

だんだんと真っ白になった頭がしっかりと形を取り戻す。それにつれて、突然現われた佑一が受話器を奪い取ったことを認識する。

「馬鹿なこと？　あーはいはい、どうせ俺は馬鹿だよ、馬鹿ですよ！」

なんでそんなに自分のこと馬鹿馬鹿言ってるの。

どうして、あんたがしゃべっているの。私がしゃべってたのに。償いをしなきゃいけないのに。どうしてあんたがしゃべってるのよ。

「え、好きな女ができたかだって？　ああ、できたよ！」

(好きな人？　こいつに、好きな人が……いるの……？)

碧の鼓動がとくんと鳴った。誰よ、いったい誰なのよ。

全身が熱くなり、佑一の声に耳を澄ましている自分に気づかされる。

「……だ、誰ってっ……お、俺は……」

碧は突然佑一と目が合って、脈動が暴れるのを押しとどめることができなくなる。

口からひゅうと小さな吐息《といき》がこぼれた。

「俺は、碧が好きだ。だから、俺は」

「ッ……！」

碧は知らず佑一から受話器をかっさらうと、乱暴に電話を切った。話し中だとかはまったく少女の頭のなかにはなかった。

「碧……」

「な……なに言ってんのよ、あんた！　冗談にしてはやりすぎよ、馬鹿！」

碧は自分の頬がどんどん熱くなるのを感じた。

顔が真っ赤になる。照れている。自分でそう認識できてしまうことが、さらに少女のなかに生じたもやもやとした思いと混乱とを助長させた。

恥ずかしくて、同時に胸が高鳴る。佑一の言葉のせいで。

(なんで、なんでこんな気持ちにならなきゃいけないのよう!)

「私は、私はねえ! 私はあんたなんか、大っっっ嫌いなのよっ!!」

碧は叫びながら、足を大きく振りあげた。

「す、すねえ……!?」弁慶《べんけい》の泣き所を強打され、佑一は顔をくしゃくしゃにした。


碧は佑一を蹴飛ばしたあと、自分の部屋に急いで戻った。

(なんなのよ、あいつ……)

少女の脳裏にちらついているのは、佑一の言葉。

(あいつ……私のことが好き、だって……)

もうなにがなんなのか全然わからない。それにどうして自分は、佑一に対してあんなふうに乱暴にしかできないのだろう。あの言葉は予想外だし言われて、困るだけだったが、佑一はかばってくれたのだ。それなのにお礼の言葉ひとつ言えなかった。

(もう、私最悪よ……)

アカデミーでがんばった日々。寮へ戻るとくたくたの身体。それでもがんばれたのは日本で佑一が待っていてくれていると思ったから。近い将来、佑一と再会するために恥ずかしくない自分でいたいと思ったから。

でも私は佑一の言葉を無下にして、こうして部屋でいじいじとしている。本当に心底、自分への嫌悪感が深くなった。

(なんなのよ、私は……)

鏡に自分の顔を映しながら、顔に触れる。自分の顔がいつもと違う気がした。目が少し充血していて、なんだか他人を見ているような気がした。

(佑一は……こんな私を好きって……っ)

本心なのかどうかはわからない。もしかしたら碧を助けるための、あの場限りの言葉でしかなかったのかもしれない。

(……私、全然かわいくない……佑一にひどいことばっかりして……お義父さんにもたくさん迷惑かけたっていうのに……)

嫉妬《しっと》の感情で見合いの会場に乗りこんで乱暴にお見合いをつぶして、それでもまだ佑一に文句を言ってしまう自分。碧自身の気持ちはもうはっきりしているというのに。

(私……佑一のこと、好き……)

でもそんなこと今さら言えない。今まで佑一に冷たい態度で接してしまった。何度も乱暴な言葉を使ってしまった。それに佑一のことが好きなのは碧だけじゃない。

瑠璃も、紺乃美も、佑一のことを慕っている。想っている。

佑一と一緒にいる時の瑠璃は碧の知らない顔をする。碧の目から見ても、その時の姉はリラックスして、甘えられる存在がそばにいることに心地よさそうだ。

紺乃美もそうだ。佑一がそばにいると、その幼い表情のどこかに女をのぞかせる。

それは本当に他愛なくて注視していても気づくか、気づかないか、気のせいかもしれないと思える程度の変化だったが、紺乃美の成長を見てきた自分としてはそう感じられてしまう瞬間がある。

そんななかで、今自分が佑一に告白してしまったら。

なにか今のこの和やかな空気が全部崩れてしまうんじゃないか。それに佑一のあの言葉が本心かもわからない。もし、フられたらきっと私はここにはいられない。そう思う一方で佑一は本心でもないのに、好きだなんて気軽に言えるようなやつじゃないこともわかる。

(私、いったいどうしたらいいの……?)

碧はベッドに腰かけ、たまらず自分の身体を抱きしめた。鼓動が強かった。

「……俺、どうしたらいいのか本当にわからなくて……」

佑一ははあとため息をつきながら、紺乃美の淹《い》れてくれた紅茶に口をつけた。美味しいはずの紅茶が、ただの熱いお湯みたいな感じで、喉へとあっさりと流れていく。

今佑一はリビングルームで瑠璃と紺乃美にさっきの碧との一件を話していた。

「言っちゃったんだよ……俺、好きだって……」

「後悔してるんですか」

瑠璃からの質問に佑一は首を振った。

「言ったのは、たぶん勢い。でも後悔はしてない。なんか碧を見るたび、なんか……こう……説明できない気持ちになって胸が苦しくて……」

佑一は胸もとを押さえた。

「それで馬鹿オヤジに言った時、なんだか俺のなかのわけわからない気持ちに、はじめてしっくりくる名前やれた気分になったんだ……」

佑一が話している間中、瑠璃も紺乃美も顔を少し強《こわ》ばらせていた。

「ご主人様は碧と、お付き合いがしたいんですか……？」

「い、いや……俺はそういうことがしたいんじゃなくて！　碧に迷惑かけたくなくて……あれが間違いだってなんでもないってことを伝えて、謝ろうと。……だってあいつ、彼氏いるんだろ？」

「え？　碧に彼氏……？」

瑠璃は驚いた声を出して、紺乃美と顔を見合わせる。

「そんな話聞いたことないです。それにアカデミーは女子校だし……外出とかだってすごく厳しくて……碧がそう言ってたんですか？」

佑一は、碧が異様に自分に対して冷たいのは、きっと俺に異性として見られるのを嫌っているせいではないかと考えたのを話した。

「たしかに……碧、そうですね。なぜかすっごくご主人様につっかかりますね……ご主人様って何度言いなさいって言ってきたことか……」

「でもぉ、碧おねえちゃん、ここに来た時にはちゃんとしてましたあ」

紺乃美の意見には佑一も賛成だ。

しかし彼氏がいないなら、どうして碧はあんなにも急激に態度を一変させてしまったのだろう。やっぱり考えるだけ無駄で、思い当たる節はなにもない。

「安心してください、私たちがちゃんとサポートしますから。……しっかり碧と、ラブラブしてください」

「え、ラブラブって……ちょっと待って。……俺はそうじゃなくて仲直りで充分っていうか……それ以上は進みようがないっていうか……」

瑠璃が少し感情をたたえた視線を佑一にぶつけてくる。少年はいつも大らかな瑠璃が見せる迫力に尻ごみしそうになった。

「ご主人様。碧はご主人様のことを想っています。碧がツンケンしているのはご主人様の前にいると、照れちゃって、それを隠すためだと思います」

「え、あ……そ、そうなの……？」

期待を持たせる瑠璃の言葉に、佑一はちょっと顔がにやけてしまう。

「あ、ご、ごめん……」

また二人からにらまれてしまった。思わず謝罪の言葉が口をつく。

「はあーあ。碧に嫉妬《しっと》、しちゃうね、紺乃美……」

瑠璃がさびしげに笑う。紺乃美も「ですぅ」と言って、ツインテールには活気が足りないように見えた。

「え、嫉妬？　ど、どうして？」

「どうして……？　もぅ、お兄様は女心にうとすぎます！」

メイド長はその口調からして、メイドモードから義妹モードに移ってしまっているのは明らかだ。ほっぺたをぷぅーとふくらませている。

「ほんとう！　お兄ちゃんはもう、うといよっ！」

紺乃美も声を張った。

それから二人そろって、佑一の座っているソファーの両隣りに無理矢理身体をねじこんできた。佑一は二人のかわいらしい義妹に左右を囲まれて、「うっくぅ」と甘い色香にむせそうだ。

「……私たちが今までお兄様に、メイドっていう理由だけで、いろいろご奉仕してきたと思ってるの？」

いろいろ。その言葉ににじんだ意味深長な調子に、佑一の下腹部は一気に高ぶった。

それを瑠璃が見透かすように笑った。そして瑠璃の視線が、紺乃美へ向けられる。

あなたが言いなさい、そうやんわりと言っているような視線。

するとと紺乃美がそっとささやくように口を開く。

「こにょみたちは……」

紺乃美が瑠璃を見る。

「私たちはお兄様のことが……」

「「好きなの！」」

その瞬間、二人は呼吸をひとつにして、佑一の頬へ唇を軽く押しつけてきた。

シャンプーのフローラルな香りがぱちんと弾ける。

「え！」

佑一は頬に触れる、サワークリームのような甘酸っぱい感触に驚く。一瞬頭が真っ白になって、それから徐々に元の状態に戻っていくにつれて冷や汗が額《ひたい》から吹きだす。

（二人が俺のことを好き、だった……？　ということはおれ……俺を好きでいてくれている瑠璃と紺乃美に、こ、恋の相談をしちゃったっていうわけか!?）

なんてデリカシーのないことをやってしまったのか！

自分の鈍さに、佑一は頭を抱えた。

「もういいんです。お兄様が、碧のこと好きなのかなとは、なんとなくわかってましたから」

「女の勘だよ、ご主人さまあっ」

瑠璃と紺乃美は二人して顔を見合わせて、くすくすと笑った。

「大丈夫……私に任せてください。ちゃーんとあの子を素直にさせます。これぞ、メイド鉄之五箇条〝第五条、ご主人様から頂いた、山よりも高く、海よりも深いご恩は決して忘れることなく、一生を通じても果たすべし〟ですよ」

瑠璃は眼鏡の奥の瞳をきらりと光らせた。


碧はしんと静まりかえった屋敷のなかを歩きまわっていた。

自分のなかの感情をもてあまし、振りまわされた少女は自分を慰めたものの、それはただ自己嫌悪を募らせるだけだった。そうこうしているうちに碧は自分がやるべき仕事がありながら、何時間も自室でぐったりしていることに気づき、半ばあわてるように部屋を飛びだしたのだ。

そこで、屋敷内の震えるような静寂感に気づかされた。

「紺乃美ぃー！　姉さん！」

碧は不安に駆られ、姉と妹の名前を叫ぶ。しかし声はむなしく廊下に響くだけ。

こんなに静かなのは、この屋敷にはじめてやってきた時以来だ。あの時はここに住んでいるのが佑一ひとりだった。

メイドである碧たち三姉妹がここに住むようになってからは誰かしら常に仕事をして、屋敷のなかをあっちこっち移動しているから、なにかしらの音がしているはずだ。時間を確認しても、今はまだ仕事がありあまっている時間帯。やらねばならない作業は山積みのはず。

「なんで誰もいないのようっ……」

碧は糸の切れたマリオネットのようにリビングのソファーに腰を落とした。

ふと気づくと、飲みかけのティーセットが丸々一式テーブルに置かれている。

珍しいことだ。いや、キッチンメイドの役割を担う紺乃美にしてはありえないことだと言ってもよかった。

「もう……後片づけぐらいしなさいよね、メイドでしょうが」

碧はぶつくさと文句を言いながら、ティーセットを手早く片づけてしまう。するとまたすぐに手持ち無沙汰《ぶさた》になってやるせなくなった。

「もう、あの三人いったいなにやってるのよ！」

屋敷のなかに碧の声がしっとりと響き、碧はとぼとぼとまた自分の部屋に戻る。

「……私が一番なにやってるんだろう……」

心が散らかっていて、今はなにをやっても散漫になりそうだ。これではメイドとして満足に仕事なんてできない。

こんな気分になっちゃうなんて。それこそメイド失格だ。

(こんな時どうするんだっけ……？)

アカデミーの授業でメイドの精神面について講義していた授業を頭のなかで探す。

そう言えば、その授業を担当していたのはよぼよぼのおばあさん（メイド歴七十年！）のサリバン教授だったような。

「あ、初心にかえる、か……」

授業中誰かが質問したのだ。よぼよぼのサリバン教授に七十年間もメイドとしてやってこれた秘訣《ひけつ》はなんですかと。

若い頃は失敗もあっただろう、自分のメイドとしての腕に疑問を持ったこともあっただろう。その時サリバン教授は言っていた。

初心に戻りなさい、何時間でも何日でも考えて、それで自分の納得できる答えを見つけなさい、焦ることはない──と。

(初心にかえる……うんっ)

碧はドレッサーを開き、自分の学生時代の制服でもあった、メイド制服を取りだす。

アカデミーを卒業して以来一度も袖を通していないメイド制服。

余計な飾りのなく、色合いも地味でシンプルなデザイン。着慣れてきたこの屋敷でのメイド制服とは違った趣で、心機一転がんばれるような気がした。

碧は着換え、姿見で確認する。制服だけ変えただけだというのに、なんだかさっきまでの自分とは全然違うような気がして、思わず姿見の前でくるりと身体をまわしてしまう。ふわっとスカートが舞いあがって、きらめく太腿をのぞかせる。

少女は新鮮なような、懐かしいような気分にひたりながら拳を握る。

「よしこれで少し仕事をしてみようかな」

初心にかえりながら意気揚々と廊下を歩きだす。

(初心にかえる……まずは、あいつの部屋から……)

佑一も、瑠璃も紺乃美も買い物にでも出かけているのだろう。

それならそれで好都合。初心にかえるには余計な雑念は極力いらないほうがいいに決まっている。佑一の姿を見ると、またむらむらと胸の内に困惑がこみあげてきそうだった。

「さて、気合入れようかな」

碧が意気揚々と佑一の部屋のドアノブを握ったその時。

佑一の部屋からささやかな声がもれ聞こえてくる。

「えっ……?」

聞こえてくる声は佑一のものを含めて複数。碧はこくんと唾を呑みこむ。

唾はなんだか妙に硬くて、喉を通すのが大変だった。かすかに身体に緊張が走る。

(なによ、あいつ。部屋にいたんじゃない……それに姉さんも。え、紺乃美までっ?)

碧は少し速くなった脈を感じながら、耳を扉へ押し当てた。

「う、うわ……ちょ、ちょっと……る、瑠璃……紺乃美ぃ……!」

佑一のあわてふためく声。

そしてその野暮な声に交ざる、まるで猫が水をすするような妖しい水音。

「んちゅ……ちゅぱっ……んふぅ……うぅン……ご主人様ぁ……ふふ、かわいいです」

「ご主人さまぁ……大好きです……ん……ぺろぺろ……ちゅ……うぅん……」

碧は扉に耳を押しつけたまま、全身を硬直させた。その淫らな声音は姉の瑠璃と、
妹の紺乃美のものだ。間違いない。

(な、なに……なにやってるのよ、二人とも!?)

ぞくぞくと全身が鳥肌立つ。

「……気持ちいい? ご主人様ぁ……んちゅううう」

「どぅ、こにょみの舌ぁ、いーいー? ちゅ、ちゅ、チュッパ!」

「ああ、いい! すごくき、気持ちいいッ……!」

うわずる佑一の声。その声はどこか硬かったが、関係ない。

碧は知らず、扉にガリッと爪を立ててしまう。

(佑一、私のこと好きって……やっぱりあれはただの勢いだったわけ!? あの場の妄言だったわけ!? なによそれ! 今まで私がその言葉でどれだけ悩んだことか!)

終いには初心にかえろうなんて殊勝な心にもなって、今はアカデミーのメイド制服まで着ているというのに!

怒りがこみあげる。しかしその怒りは勝手なものだ。自分でもそれはよく認識している。しかし同時に、扉一枚ごしに聞こえてくる艶やかな声に、お腹のあたりが熱くなるのを感じた。ぴりぴりと陰唇が熱く痺れ、さっきの自慰の熾火《おきび》が再び息を吹きかえすよう。

「ンッ……ゆ、許さない……ゆるさないからっ」

碧は太腿をぐいと閉じる。そうでもしなければ、身体の奥底でふくらんだ情炎の気配がもれでてしまいそう。

子宮がきゅんと飛び跳ねて、じっとりと全身が汗で蒸れる。

(なによ、なによなによなによ!)

碧は勢いに任せて扉を押し開き、勢いよく室内へと躍りでる。

「佑一! あんた、私のこと好きとか言っておいてなにやってるのよ! っていうか、姉さんと紺乃美からさっさと離れなさい………………よ……?」

碧が室内の様子をつぶさに見た、その表情は強《こわ》ばり、口からは「え」と小さなため息のような言葉がもれた。

たしかにそこには佑一がいて瑠璃がいて、紺乃美がいた。ただし三人はベッドの上に座っているだけ。碧が考えたような猥褻《わいせつ》行為は展開されていなかった。

「な、なにやってるの……ね、姉さん……紺乃美まで……」

「碧……今、嫉妬《しっと》、した？」

「し、嫉妬!?　姉さん、な、なに言って……って、きゃあっ」

碧は不意に瑠璃に片腕を取られる。むにゅと瑠璃のはちきれんばかりの乳房を二の腕へと押しつけられる。

「碧おねえちゃあん！」

えい、と声をあげて反対側の腕に飛びついてくる紺乃美。

「ちょ、あぶ……危ないっ！」

碧はバランスを崩し、ベッドの上に座らされる。両腕にしがみついた姉妹はわざと体重をかけて碧が動けないようにしてしまう。

「ちょ、や、やめて、姉さん……こ、紺乃美も！　いったい、なんなのよ……佑一、助けなさいよ！」

両腕を姉と妹に押さえられて碧は声をあげ、じたばたと手足を振りまわす。

「碧。ご主人様をそんなふうに呼んで……。あぁ、そんなにじたばた暴れたりしたら下着、ご主人様に見えちゃうよ？」

瑠璃がささやく。

「やっ……！」

碧はハッとなって、足をばたつかせる動きをとめる。

しかし足をばたつかせるのをすぐにやめても、碧のメイド制服のエプロンがたわむのはすぐには押さえきれない。

そして思いっきり飛びあがったポケットから、なにかがひらりと飛びだす。

「……ん、なんだ、コレ……？」

佑一が拾いあげたのは乱雑に折りたたまれた紙片だった。その瞬間、碧の瞳が見開かれた。

「あ、それは……だ、ダメ！　見ちゃ、ダメ……ダメえ！」

喉がすりきれるぐらい声をあげるのと、佑一がくしゃくしゃになって色あせた紙をひろげたのはほとんど同時。

「ああああああぁぁぁぁぁぁぁぁぁぁっ！」

碧が叫びをあげた。

佑一は手に取った紙片に釘づけになった。

「碧、こ、これ……本当、なのか……？」

紙片を舐めるように眺める佑一の視線が何度となく、その上から下へと往復する。

「な、そ、それ……べ、別に……そ、そんなこと……な、なっ……あ、う、うぅ……」

碧は熟したイチゴのように顔を染めあげた。

佑一は手にしていた紙片を瑠璃たちにもわかるようにたらす。

「碧……だ、だいたん……ね」

「碧おねえちゃん、やっぱりご主人さまぁのこと好きだったんだ！」

紙片には『佑一とずっと一緒にいられますように　柊碧』と碧の生真面目な筆跡で書かれていた。兄さんというのは、やはり佑一のことだろう。

碧の顔は血が頭に全部のぼりつめたかのように真っ赤。メイド制服から出ている手足もほんのりと火照《ほて》っていく。

「あ、うぅ……い、いいから……うぅ、あふぅ……か、かえしなさいよ！」

「碧、ここに書いてあることって本当なのか……それだけ教えてくれ」

佑一が新鮮な光を双眸《そうぼう》にたたえて見つめてくる。

「そ、それは……そ、そのっ……」

碧は佑一に見つめられ、全身がびりびりと痺れた。舌がうまくまわらないし、なんて言っていいのかわからなくなってしまい、結局顔を伏せてしまう。

「……碧、ご主人様に教えてあげて」

瑠璃の手がそろそろと伸びて、めくれたスカートの奥、しなやかな太腿の根元にあるショーツに触れた。

「ちょ、だ、だめ……姉さん、ひあああぁ……ンッ……！」

碧の身体がびくんとしなり、じわじわと白のショーツに染みがひろがっていく。

「碧おねえちゃぁん、もぅあそこがびちょびちょう。ご主人さま見てっ！　碧おねえちゃんのここ、もうこんなにびちょびちょ！」

「いや、ダメえ、紺乃美ぃ……そんなの言ったらダメえ……はああうぅ！」

紺乃美に陰部を指先でつっつかれるたび、甘美な電流が陰唇へと、炭酸が口腔で弾けるように流れる。蜜はますます襞肉からこぼれて、ショーツから溢れ、佑一のベッドにまで染みこんだ。

「ほうら、碧っ……本心言っちゃいなさいよ。……ご主人様のこと、どう思ってる？」

「あうぅ……うぅ……あ、あぁぁ……」

身悶える碧。その姿に佑一は胸の高鳴りを覚えた。碧の瞳は熱く潤み、美しく引かれた眉はしかめられ、色っぽい唇はひくひくとひきつってさえいる。

「好きっ……うぅ、す、好きよ……ひいうッ！」

碧はたまらず口を開いた。

（ああ、私……言っちゃった……ああ……恥ずかしい……！）

「碧、本当かっ⁉」

「まったく……碧ったらようやく言ってくれたわねっ」

「もうぅ、碧おねえちゃん、もうちょっと早く言ってくれればいいのにぃ」

佑一は自分でも顔の筋肉がゆるみ、口もとがほころんでいくのを抑えられない。

「で、でもっ」

碧の羞恥に火照《ほて》った顔はどこか浮かない。

「でもっ！　姉さんは……紺乃美だって、佑一の……ご、ごしゅ……ご主人様のことが。それなのに、私だけ……こ、告白するなんてっ」

「馬鹿ね、碧は。……私たちは相手が碧だからこうやって、一芝居打ってまで碧の本心を聞きだそうとしたのよ。許さなかったらわざわざこんなことするはずないでしょ」

「こにょみたちは、それでもいいの。ご主人さまが、幸せになれるんだったらそれでもう充分ですぅ！」

自分のためにみんながここまでしてくれている。佑一もあれは勢いではなかったみたいだ。

「ほ、ほんとに……ほんとに、いいの……二人、とも……佑一――ご主人様、も？」

佑一が照れ笑いを浮かべながらうなずく。

少女の下腹のあたりがキュンと高鳴った。

「あ、あぁぁぁぁ……ッ」

心に熱いさざ波が満ちていくような気配に、碧はたまらず甘露と切なさの入り交じる吐息《といき》をこぼした。

（あ、いや……また、奥からこ、こぼれてきちゃう……）

どろどろの女蜜が秘裂からまたにじむのがむず痒い。太腿の内側の筋肉がぷるぷると震える。

「ああッ……ふうぅ……ンンッ！」

たまらず太腿をこすり合わせると、淫靡《いんび》な音がくちゅりと割れ目の奥で鳴った。

「……でも、今日だけは幸せのおすそわけ……ね？　ご主人様も、よろしくお願いします」

「「え……おすそわけ……？」」

佑一と碧はほとんど同時に声をもらす。

「碧おねえちゃん！　おすそわけ！　おすそわけえ！」

紺乃美がぴょんぴょんとツインテールを跳ねさせながら興奮に輝いた声を出した。

碧は佑一と姉妹たちを眺めながら、戸惑いの表情を見せた。

「さ、ご主人様どうぞ」

「ご主人さまぁ！」

瑠璃と紺乃美の二人から指を伸ばされ、ショーツを脱がされてしまう。剝きだしになった朱唇はすっかり充血して、割れ目からはみだしていた。そんなぴくぴくとひくつく粘膜へ、瑠璃と紺乃美の指がそろって引っかけられる。

「ちょ……姉さん、こ、紺乃美も……あ、あぁぁ、い、ひぃひゃあああぁぁぁ！」

二人の冷たい指先がぼうっと熱を帯びた粘膜に触れた途端、下半身に電流がほとばしる。奥のほうでお肉がとろけてしまいそうな感覚がどろりとお腹のなかを満たし、吸収材の役目を負っていたショーツがなくなったせいか、とめどもなく溢れた白濁とした本気汁がベッドのシーツへ見るみるうちに溜まっていく。

「や、やぁめ……あぁ……恥ずかしいから、姉さん……紺乃美やめて、は、恥ずかしいっ……あうぅンッ！」

両側から指先でひろげられ、菱形にゆがんだ膣襞は子宮口が見えてしまいそうなほどにぱっくりとこじ開けられている。白く泡立った粘液が、粘膜層のなかで淫靡《いんび》に糸を引く様や、鴇《とび》色の粘膜がてらてらといやらしくぬめ光っているのが丸見えだ。

「これぐらいで恥ずかしがってるなんて。ご主人様にお尻のはじめてをあげた子の態度じゃないんじゃない？」

「あ、あの時とは……い、いろいろ違うからぁ！　はあ、うぅっ……そんなことより、指はずして……そんなにひろげないでよ……は、恥ずかしいんだからっ！」

「だーめだよう。こにょみたちはぁ、ご主人さまぁのメイドなんだから、ご主人さまのエッチのお手伝いをするのも仕事、なんだからあ」

瑠璃と紺乃美の多分に嫉妬《しっと》の混ざった行為に、碧は肺が燃えそうなほどに熱い吐息《といき》をこぼしながら、「ひいひい」と鼻を鳴らす。

お風呂場で、佑一にお尻のはじめてをあげた時は、碧のなかで佑一の存在の大きさは今は比べものにならない。いや、今が大きすぎるといったほうがいい。

その時にも佑一への恋心はあったけれど、あくまであそこで振る舞っていた自分はメイドでしかなかった。でも今は違う。恋の成就に身体は歓喜に痺れ、膣肉は甘美にうごめいた。それに処女を卒業することはやっぱり全然違う。緊張だってするし、結ばれた瞬間、完全に身も心も佑一のものになってしまうという確信めいたものがあった。

「碧っ……」

少年は上半身を裸に、そしてベルトをかちゃかちゃとはずして下半身を全部さらけだす。それは碧の記憶に残る佑一のそれよりもひとまわり半は太く、期待汁をにじませていた。反りかえりもすさまじく、先端部分は下腹にぺたっとひっついている。

「いくぞ……碧」

「あ、ま、待って！　そ、その……あ、ありがと」

佑一が「え？」と疑問符を頭に浮かべる。碧は身体が芯から熱くなるのを感じた。

「だ、だからあ、あの時かばってくれて……私のこと……。お義父さんに……悪いのは……自分だって、かばってくれて……ありがと……お礼、あの時は言えなかったから。あの時私全然かわいくない反応しちゃって……ご、ごめん……なさぃ……」

佑一はにっこりと笑い、うなずく。

「お礼なんて。ただあの時は好きな子を守りたいって思っただけだから」

「あああぁ……来てくださぃ……ご主人さまぁ……！」

碧は嗚咽《おえつ》をこぼす代わりに、佑一を求める。佑一の言葉が目に見えない愛撫となって、少女の情欲をさらに高めた。

碧の身体は初体験を目前に控えて、かちこちに緊張していた。

「だいじょうぶだよぅ！　こにょみたちがしっかりとお手伝いするからあ！」

「あ……ご主人様、大きい……もう……今までで一番大きいんじゃない？」

「だ、大丈夫……大丈夫だから！　ご、ごしゅ……ごしゅ……じぃん様、え、遠慮しないで……いいから！」

佑一のペニスから発散される濃厚な牡の匂いに子宮が共鳴する。甘酸っぱく、いやらしい匂いを立ちのぼらせながら、愛液はさらに多量に溢れだす。

「いくぞ碧っ」

「き、きて、ああ……く、くだ……さいぃ……」

すさまじい質量のペニスに気後れしながら、自分の身体を押さえていてくれている瑠璃と紺乃美へ今さらながらに感謝する。二人がいなければあまりの緊張感に佑一へ蹴りのひとつでも入れてしまっていたかもしれない。

（ああ、やだ……こんなもの、ほんとうに……私のなかに入っちゃうの……？）

突きだされる砲身を前にして、少女の肉襞がざわめき、期待とその極北にある戸惑いのせいで、勝手に伸縮を繰りかえした。

ぬちゅう。真っ赤に燃えあがった亀頭と、こんこんと溢れた本気汁で膜ができた陰唇が触れ合う。

「ご、ご主人様……お……きい……ひい……熱い……ああ……お腹、熱いぃ！」

全身の神経が針金にでもなったように、意識が眩《くら》むほどの電流が走り抜けた
「あっ、あぁ……お、大き……いっ！」

押しこまれる圧迫感に胸が苦しくなると同時に、全身が興奮の炎にさらされていることを実感した。たくましい佑一のものが粘膜を割り開くと同時に、粘膜が火傷《やけど》するかと思うほどの発火感に襲われる。

「うぅ……あ、あぁぁ……碧のなか、すげえ……熱くて……うぅ、し、締まるぅ……！」

佑一は汗をたっぷりとかきながら、くぐもった声をもらす。

「あ、うぅ……ご、ごしゅ……ごちゅじんさぁまぁ……！」

『ご主人様』という言葉を必死に言おうとするが、粘膜と触れ合う灼熱感に思うように舌がまわってくれない。

身体のなかに佑一のたくましいものが入りこんでくる圧迫感に脂汗《あぶらあせ》が吹きだし、粘膜がざわめき、子宮が痛いぐらいに膨張している。

粘膜が痺れて、目の前にチカチカと輝きがいくつも走った。

「あ、あぁぁ、ご主人様……ご主人さまごしゅじんさまぁッ……！」

碧は心のタガがはずれたように、色っぽい声をもらす。腹の底から熱情とともにこみあげてきた言葉に頭がぴりぴりと痺れた。同時に膣のなかにおさまっていた佑一の勃起がさらに半まわりぐらい大きくふくらんだ。

「アッ……アアアッ……っはあぁぁああっ!?」

奥に向かって粘膜が割り開かれ、身体の隅々まで佑一に覗かれる気分になる。

「ご主人様、一気にしてあげてください。ゆっくりすると、その分中途半端な痛みで余計につらいですからっ！」

「ひい……あぁっ……っはあぁあっ……だめ、ご主人様一気になんてだめえ……こ、壊れちゃう……私のなか、こ、こわれて……アアアッ、ご主人様ぁンンンンッ!!」

佑一が碧の脚を両脇に抱えるようにして、腰を思いっきり突きだしてくる。

するとお腹の奥でなにかが割れるような生々しい音が響く。そうかと思えば、内臓をぐいと下から思いっきり突きあげられる重厚な衝撃に、脳天から喜悦が噴きだす。

「あ、あぁ……ご、ごしゅ、ごしゅじんさまにぃ……はあ……はじめて……あ、あげ……あげられた……」

ひくつく陰唇から鮮血混じりの本気汁がどろりと溢れでた。

「碧……!」

「ご主人……ん!? ちゅぅ、ンッ……んちゅる……ちゅぅ……んんふぅ……!」

少し乾いた佑一の唇が押しつけられ、すぐに舌が口腔へと入りこんでくる。

唾液で濡れたそれは、まるで軟体動物のようにぬらりぬらりと口腔のなかをまさぐってきた。その動きはぎこちなかったものの、碧はじめての口づけに加えて、舌同士のねぶり合いに頭のなかが真っ白になる。

「んっ……んぅ……うぅん……ちゅぅう……ンッ……ぢゅ……うぅン!」

歯茎や唇にからめられる舌は熱っぽく、少女の身体は今にもとろけてしまいそう。

(頭びりびり痺れてきちゃう……あぁンン……キス、すごい……ああ、ご主人様!)

「んぐ……んふぅ……チュ……ん……はあぁぁ……ご主人様……はうぅんっ……」

佑一のほうから注ぎこまれてくる生ぬるく、どろりと粘り気のある唾液は呑みきれず、唇からこぼれて顎をたどった。勝手に鼻が甘く鳴った。

「んっ……あ、碧……ン……あぁ……ど、ぅだった……？」

唇同士が離れると、碧は軽い酸欠と粘膜同士のつながり合いで神経が軽く麻痺《まひ》し、しばらく目の焦点を合わせることができなかった。

「あぁ……碧、うらやましい……ご主人様、私たちには一度もそんなことしてくれなかったのに……もぅ、本当に妬《や》けちゃう」

「きすぅ、いいなあ……いいなあ！　碧おねえちゃん、いいなあっ！」

はやしたてられ、佑一の顔が真っ赤に染まる。

「えええ……ほ、ほんと……本当に……？　ご主人様、キス……わ、私……が、はじめて？」

佑一は無言だったが、はじめてなのは明らかだった。

「ああ、ご主人様ッ！」

（ああ……そんな……うれしい……！　お互い今のがはじめてのキスだったなんて）

碧はまるで魂からこみあげてくるような感情の高ぶりと、湧き水のようにこんこんとこみあげてくる佑一への愛情に突き動かされて身体をこすりつける。密着度がいっそう高まって、灼熱の感触に身をもじもじとさせた。

（ああ、私感じてる……はじめてをあげたばっかりなのに……お腹のなか、ずきずきしてむず痒くなってる）

愛液の量も、佑一の存在を感じるだけで、洪水のように溢れだした。

粘膜の動きも活性化して、瑠璃と紺乃美もそれに気がついてにこにことほほ笑む。

「碧、こんなにお豆をぴくぴくさせていやらしい」

「碧おねえちゃあんって、こんなにエッチだったんですねえ……」

二人は膣から引き抜いた指でツンと尖《とが》ったクリトリスを軽くいじりはじめる。

「ひゃうぅうぅう……はうッ！」

小さな針でツンツンとつつかれるような刺激が何度も身体を駆け抜け、碧はハアハアと朱唇を開いて唾液をこぼしながら煩悶《はんもん》の喘ぎをもらす。

「ふあああぁぁ……姉さん、紺乃美ッ……な、なにして……だめ……そんなことしたら、ああ……ヒイッ、ヒッ、ヒー！」

一方で瑠璃と紺乃美は碧の腕を自由にしてから、メイド服のボタンをはずし、汗でしっとりと濡れたブラに包まれた胸を露出させ、さらに下着をずりあげてくる。

碧の乳房は大きさこそ控えめながら、作りたてのゼリーのようなぷりぷりの弾力感を持っている。その形は見惚《みと》れるほどの円錐形。

（ああ、胸、内側から張って……ちょっと痛い……っ）

碧は羞恥を覚えながら、興奮して身体のそこかしこが張りつめた糸のように緊張していた。乳首もいつにないくらい勃起し、ぴりぴりと熱く疼いている。

「だめ、そんないっぺんになんてやられたら……私……お、おかしくなっちゃう！」

乳首を刺激されると、全身にひきつるような刺激が間断なく流れる。あまりの愉悦に、涙まで溢れでてくる。

胎内をずっしりと満たしたたくましい屹立に、粘膜がより深く吸いつく。

「うわあぁ……碧ッ、そんなに締めつけられたら、もう俺……動くの我慢できない」

我慢の限界を告げる佑一の声に、碧はすべてを受け入れてあげたいという母性本能をくすぐられる。

「う、動いて……動いていいからッ……アアアッ……お願い、う、動いてぇ……！」

佑一を求める声が口からあふれてとまらない。今まで佑一に対して素直に接することができなかった分を取りかえすように、碧は佑一を粘膜ごしに求めた。

「うぉおおおお……！」

少年は一声叫ぶと、腰を猛然と振りたくりはじめる。勃起が後退すれば粘膜が引きずられ、大きくひろがったエラで削られてびくびくと痙攣《けいれん》した。

「ふぁぁああ……！　す、すごい……はあっ……ああっ……ご主人様あああぁッ！」

勃起がぎりぎり抜けそうなところで、もう一度奥深くまで貫かれる。ぱんぱんにふくらんだ亀頭と子宮口とが衝突し、甘い波紋が身に染みた。

力強い抽送はより奥深いところまで碧を犯してくる。より深いところで快美が弾け、愉悦がこみあげた。

「碧ぃ……んちゅうぅ……」

「碧おねえちゃン……んくぅ」

二人が碧の乳首をソフトに口に含み、時々軽く歯を当ててくる。

メイド姉妹の生温かな唾液を敏感な粘膜へ塗りつけられるとたまらない昂揚感が全身を包みこんだ。佑一のものよりも弾力があってやわらかな舌にからめとられると、そのまま乳房がとろけてしまいそう。

「アアァァアアッ……!!」

(いやあ……乳首、そんなにコリコリ刺激されたらだめ、お、おかしくなっちゃうっ)

佑一に粘膜を刺激されて、神経全体が敏感になっていた。

コリコリと甘く噛まれるたびにショートへアを乱し、碧は嬌声《きょうせい》をあげる。

「アアァアッ……やあぁっ……ぐちゃぐちゃになっちゃうぅ……あぁぁ、私……ご主人様ッ……姉ぇさぁん……こ、紺乃美……ダメ! あたしの身体ぐちゃぐちゃにと、とろけちゃううぅ……!」

碧の膣がぎゅうとペニスを締めつける。

たくましい逸物が出たり入ったりを繰りかえすたび、佑一の陰茎の表面が本気汁と破瓜《はか》血が染みついて、まだらに濡れた。

(ああ、ま、まだ大きくなる……!?)

碧は目を白黒させせながら、子宮口へ叩きつけられる勃起の質量に酔う。佑一の男根は初挿入の時から大きさが太く、たくましくなっていくばかり。

「で、出る……碧、出すからな!!」

佑一は腰を小刻みに動かすと、膣肉の浅い部分を削ったり、腰を8の字に動かして、まんべんなく碧の敏感な肉層を攪拌《かくはん》する。ぐちゃぐちゃとまるでお餅がとろけたかのような粘り気のある本気汁が秘裂から溢れでた。

「ああ、私……もうとんじゃいそう……頭のなか……お、おかしくなっちゃいそう!」

碧が佑一の体に腕をまわして力をこめる。佑一も碧の身体にまわした手に力を入れる。男性の筋肉質な肉体がとても頼もしかった。

「いいか、気をやりそうになったら『イク』って言うんだぞ。これはご主人様からの命令だからな、わかったな、碧ッ……!」

「は、恥ずかしい……いやあ、ご主人様……そんな、そんなの恥ずかしいぃ……!」

「兄からの命令だぞ!」

「兄さんからのだなんて、ズルいッ。さ、逆らえないようっ!」

佑一の強い言葉と一緒に、子宮口が歪むほど激しく勃起が叩きつけられる。碧は瑠璃と紺乃美に身体を支えられながら、身体をのけ反らせた。快感の炎が怒濤《どとう》の如く押し寄せ、少女の子宮が炎上する。

「あああ、とぶ……ああイクイク……ご主人様、わ、わたし、イっくうううぅぅぅうううう……イふうううううぅぅぅぅぅぅ……ッ!!」

ドクン、と佑一のペニスが激しく脈打ったかと思えば、碧の絶頂痙攣《けいれん》に見舞われている襞肉のなかへおびただしい精液が吐きだされた。

子宮が燃えあがり、碧は「ヒイイィィ」と甲高《かんだか》い悲鳴をあげて嗚咽《おえつ》をもらす。痙攣は溶けた飴《あめ》のように長く、粘っこくいつまでも少女の神経のなかにからみついた。

「ふわぁ……ああっ……!」

おびただしくまき散らされた生殖液の濃厚さに、碧はたぽんとふくらんだ下腹を撫でる。ほっくりと暖かく、佑一のように頼もしい感触。肉唇からスペルマが溢れるたびに、少女はまだ彼の屹立が挿入されているような感覚になり、粘液の熱さに表情を恍惚《こうこつ》にとろけさせるのだった。

佑一は碧の体液でぬらつく自分のペニスを見ながら、ぞくりとした。

碧は身体を丸めて、規則正しい呼吸をしている。

疲労感に気絶してしまったのかもしれない。

（すごい……あんなにたくさん出ちゃうなんて……っ）

今も少女の秘部からは精液がこぼれでていた。佑一はぬるま湯にひたるような、心地よい脱力感と筋肉の疲労を覚えながら、はあはあと呼吸を荒くする。

「ご主人様っ」

「ご主人さまあ！」

そこへ現われたのは頬を上気させ、メイド制服を着崩した瑠璃と紺乃美。前のボタンがはずされ、下着に包まれた乳房の割れ目がちらちらとのぞく。

「ご主人様、しっかりとここ綺麗にしないと……んちゅぅ……チュウ！」

佑一の半立ちのペニスへ瑠璃が舌を伸ばす。

「はあぁぁうぅ！」

碧の本気汁と破瓜血でべとべとになった肉茎へ、紺乃美もそのあどけない童顔を近づけて、かわいらしい舌をうごめかせて舐め取りはじめる。

「うぅ……い、いいよ、二人とも！　アアアッ……こ、こんなことしたら、俺……いきなり不倫っていうか、浮気って言うか……はうぅ！」

射精直後で敏感になっている海綿体を、しっとりとした舌先で刺激されると、たちまち佑一は腰くだけになってしまう。まるで濡れたふきんでていねいにぬぐわれるみたいで気持ちがいい。しかし同時にびりびりと静電気のような刺激が亀頭を舐めまわし、全身の血流が下半身にどっとなだれこむのを感じた。

「いいえ。これは浮気ではなくてメイドからのご奉仕ですっ。ですから思う存分受け取ってください、ご主人様。ちゅうぅ……ちゅるるっ……」

瑠璃はあまりの熱心なおしゃぶりで、亀頭が眼鏡とこすれ合って、ねっとりとした精液がレンズを淡く汚した。しかし本人は一向に気にしていない。

その奥の瞳の潤みと合わさって、淫靡《いんび》な雰囲気が漂った。

「はあ……碧おねえちゃんのエッチなお汁もご主人さまぁのせぇーえきも、どっちもとっても美味しいです……んちゅう……ちゅぅ……チュパ……チュル……んふぅ」

紺乃美は体液で手をぐちゃぐちゃにしながら、舌や歯をべとべとにした。

二人は口をすぼめて亀頭や鈴口、エラの隙間を丹念にしゃぶってくる。それはまるで動物が、生まれたばかりの子供についている胎盤を食べて綺麗にするみたいだ。

瑠璃と紺乃美の口のまわりが見るみるうちに体液でてらてらとぬめ光っていく様子を見ると、佑一の体は興奮を覚えて、劣情をもよおした。

「んちゅぅ……ご主人さまぁ……あんちゅぅう……ちゅるるるる……」

メイド長はふぐりへも舌を這わせて、ぺろぺろとしゃぶってくる。むず痒さと繊細な舌づかいに悦びが少しずつ降り積もってくる。時にそれは肛門あたりにまで伸びて、佑一はびくんと体を敏感に反応させた。

「ご主人様、ここいいんですか？」

瑠璃は意地悪な笑みをこぼしながら、少年の両足をつかんだかと思うと、佑一はあっという間に足もとをすくわれてしまう。

佑一は、瑠璃と紺乃美に肛門を思いっきりさらす、まんぐり返しの体勢に追いこまれる。

「ハアァァァッ、そんな、やめ……き、汚いッ！　瑠璃、だ、ダメだあっ……そんなところ、な、舐めるなんて、だ、ダメぇ！」

「さっき、碧とファーストキスした罰です。私、ご主人様のお尻に濃厚なキスをしちゃいます。……それにご主人様の体が汚ければ、ぜひメイド長である私自ら、ちゃんと綺麗にしてさしあげます……んちゅぅ……ぇろ……うン！」

瑠璃は尻穴の菊皺へ舌を伸ばし、そのままの勢いで少し乱暴にお尻の穴に、その唾液でねっとりと濡れたベロをぬらりと侵入させてくる。

「ぐっはあああぁぁぁぁ……!!」

佑一は体の奥深く、内臓をまさぐられるような疑似《ぎじ》感覚の強烈さに白目を剝いた。

「ごしゅじんひゃまぁ……おひりぃ、きゅってひまって……かわひーぃ……ちゅるる……チュパッ……んひゅぅぅ……」

お尻がひきつるほどの艶めかしい、瑠璃の舌先。ゆらゆらと揺れて、少年のアナルを蹂躙《じゅうりん》する。一度、酔っぱらった碧に刺激された前立腺が熱く灼け、海綿体がびくんびくんとしなりを強くした。

一方、紺乃美はだんだんと充血の具合を高めていく佑一の勃起を手で押さえてくる。

「ご主人さまあ！　こにょみのキスも受け取ってえ！」

紺乃美は浮かびあがった血管でごつごつする少年のペニスへ唇をちゅちゅと押しつけて、キスの雨を降らせる。そうかと思うと、まだ精液の残滓《ざんし》のたっぷりと残っている鈴口へ唇を押しつけ、「ズズズズズ！」と激しく吸飲してきた。

尿道が真空状態になるほど強烈なバキュームは、一番年下の可憐《かれん》な幼唇からなされているなんて信じられなかった。萎えたペニスがピクピク反応する。

「ごひゅじんさまぁ……んちゅ、ちゅぱ……こにょみのしたぁ、気持ちいいでふかぁ？……んちゅ、チュパッ、チュルル……チュズズズズッ……！」

（うぅ、やばい……ま、また……うぅ……）

「すごくいいって言うか……めちゃくちゃよすぎるッ……！」

むず痒さが尿道を裏側から這いまわって、腰椎がむず痒く痺れ、そこに瑠璃の尻穴舐めも加わる。完全に少年の下半身はひなたに置かれたアイスクリームのように溶けて力が入らなくなった。

しかし刺激されっぱなしの勃起はまたたくましい偉容を取り戻す。

そんな勃起の隙間から見え隠れする、舌をだらりとたらし、惚《ほう》けた様をさらすメイド長の表情は淫猥《いんわい》で、それだけで射精できそうだ。

「んちゅぅ……んはぁ……すっかり元気になりましたね、ご主人様っ」

舌をアナルから抜いた瑠璃はにっこりと笑った。唾液が糸を引いて、それがお尻の穴と淫らにつながる。

佑一はお尻にまだ瑠璃の艶やかな舌が入りこんでいるような違和感を覚えて、何度も座り直した。ねっとりとした熱い唾液の雫《しずく》が腸粘膜にじっとりとにじんでいるようだった。

「ちゃんとご奉仕、しますよ、ご主人様っ」

「ご主人さまぁ、いーっぱいご奉仕しますぅっ」

ベッドにあお向けに寝っ転がらされる佑一を見おろす瑠璃と紺乃美。

「ご主人様、私たちのご奉仕、たっぷりと受け取ってくださいっ……」

瑠璃と紺乃美はスカートを持ちあげ、果汁でぐっちょりと濡れた下着をあらわにした。瑠璃のむっちりとした肉づきのいい太腿は艶やかにぬらつき、紺乃美の細い足も下着から染みでる愛蜜でびっちょりと湿っていた。

「え、あ、る、瑠璃……むぐっ!?」

「はぁわあぁぁぁ……ご、ご主人様ぁ……あうぅン！」

瑠璃は足をＭ字に開いて、陰唇の形の透けたショーツを少年の顔に押しつけてくる。

「むぐう……！」

「はうぅん……ああ……ごしゅじんさまぁ……うぅッ」

少年の目鼻を覆うむっちりとした豊かな肉感。少年の鼻腔にむせかえるほどの甘い蜜香がいっぱいにひろがった。そして紺乃美もショーツをずらし、蜜のしたたる割れ目をのぞかせ、それをぎんぎんに勃起したペニスへ密着させる。

姉妹は少年の上で向かい合う形になった。

「うぅん……ごひゅじんさまぁのおちん×ん……わあぁ、こ、こにょみのぅ……こにょみのなかに入ってくるぅ……はううぅぅッ！」

いやらしい粘膜の音を弾かせながら、佑一の露出したペニスは瞬く間に、ねっとりとした熱い粘膜の重厚な層に呑みこまれてしまう。

「あぁぁ……紺乃美っ……すごっ……ああ、き、気持ちいぃぃッ」

狭隘な膣は、ぱんぱんに膨張した屹立にはひどく手狭で、ただ挿入しているだけだというのに締めつけは鋭く海綿体を甘く噛まれてぎちぎちと強い力で絞られる。

碧に対する罪悪感はあったがそれ以上に、二人の極上の媚態の前では少年の高ぶりの炎はおさまるどころか激しく燃えあがりつづけてしまう。

「さあ、ご主人様ぁ！　私のおま×こをぺろぺろして……あン、そんな、い、いきなりぃ！」

佑一は舌を伸ばし、粘膜の緋色や恥毛の黒などを透けさせている瑠璃のショーツをかき分け、ざわめく肉襞を舐めほじる。

まるで佑一の舌が、瑠璃の秘裂に貼りついていた薄膜を剝ぎ取ったかのように、舌でつっつくと、発情の色を見せる本気汁がどろっと威勢よくこぼれでてきた。

「んちゅ……るりぃ……すごうぅ……んちゅ、ちゅぷ……いっはぃ……んちゅううぅ……チュパッ……ちゅうううぅぅ！」

「ああぁ、いぃ……ご、ご主人様ぁ、あぁぁ……素敵です、ご主人様！　ふうあああぁぁぁぁぁぁぁぁ……！」

刺激すればするほど、瑠璃は汗香をにじませた太腿で佑一の顔をぐいと挟みこみ、少年の顔へ陰部をぐいぐいとすりつけてくる。

「あぁん……ごひゅじんさまぁ……！　あぁぁん、こにょみ……こにょみすごく気持ちいいですうう！　ふわぁん！」

愛液を肉裂からどろどろと溢れさせながら、紺乃美はこぼれた発育途上の乳房を揉みあげ、細い腰を浮かしては佑一のペニスへ叩きつけた。ムースのようなやわらかいお尻がびちびちと下腹部に当たり、それもまた少年の肉体をまさぐって刺激する。

「ああん……すごいのう……こにょみのおま×こ、いっぱいにかき混ぜられてえ……ひゃあぁん……ずぶずぶ、きもちいいぃぃ……！」

狭く浅い紺乃美の肉穴に挿入されると佑一のペニスは三分の一が必ず露出してしまう。そのせいで体重をかけると紺乃美の身体は浮きあがり、佑一の逸物に串刺しにされるような体勢になって痛いぐらいの圧迫感を子宮口に受けた。

「あぁ、こ、このみぃ……このみのおま×こ、すごく締めつけて、き、気持ちいいっ！」

愛液は熱く、佑一の肉槍はびくびくと射精の予兆に震えた。

「んちゅ……ぢゅるるる……ちゅぱ……るりぃのおま×こ汁……チュパッ……ヂュルルッ……すごくぅ……う、うまいぃ……ンチュウウルル！」

佑一は瑠璃の細腰を抱えこむようにして、肉唇へすぼめた口を突っこんで激しく粘膜をいびるように吸いたてた。

「はあぅぅ！　いや……ああン……ご主人様、ひい、ひいいい……そんなに吸われてしまったらぁ……アアアッ……やあぁ……私、だ、ダメになってしまいますぅう！」

瑠璃は下肢をぐいぐいと佑一の体に押しつけ、クリトリスを刺激させて、快感色に染まった嗚咽《おえつ》を何度ももらす。その貪欲な欲求は年下のものとは思えず、いつものメイド長としての仮面を剝ぎ取った生々しさを感じさせた。

「瑠璃！　お尻の穴をこっちに向けてっ！」

「あぁぁ、は、はぃ……すべてはご主人様の、お、おぉせのままにぃ……うぅン」

瑠璃は、メイドらしく従順に少年の口の上にアナルがいくように座り直す。ショーツが引っ張られてこよりのように丸まって、ティーバックのようにメイド長の臀部を絞りだす。太腿に負けないぐらい肉づきがよく、たぷたぷと揺れる尻たぶが佑一の目の前いっぱいにさらされた。

ウェストが細いためか大きくせりだした尻のボリュームはより豊かに強調され、完熟した桃のような甘酸っぱい匂いを匂わせた。

(うぅ……どんどん紺乃美の締めつけが強くなってきてる……っ)

佑一は絶頂しないよう下腹に力をこめながら、瑠璃のむちむちとしたお尻のお肉にうがたれた小穴をうかがう。そこはこぼれた愛液がからみついて、ねっとりとした飴《あめ》色に鈍く光っている。

くすんだ色合いの狭隘《きょうあい》へ指をあてがった。

「ふわあぁぁあぁぁ!」

一度ペニスを受け入れたアナルは指先に貪欲に吸いつく。潤いを持ったつるつるの内膜は鋭敏に反応して、甘く噛みしめてくる。

「ふあぁ……ご、ご主人様ぁ……そんなダメ……深いッ……深い、ですっ……ああ!」

腸液が泡立ち、矮小《わいしょう》な排泄《はいせつ》穴から溢れでてきた。瑠璃の首筋が鮮やかに染まる。

「どう、感じるだろ、瑠璃？」

佑一は意地悪っぽく訊きながら、肛門への指の抜き差しをする。ぐぽ、ぬぽと恥ずかしい音がアナルから聞こえた。

「あ……は、ぃ……あ、ン！　だ、ダメですッ……そんない、いじられたら、ダメに……はあおぉ……深いぃ、ご主人様の指ぃ、ふ、ふかすぎますぅぅっ……!!」

背筋をぐうんと反りかえらせながら、瑠璃は髪の毛をざあっと波打たせる。そのたびに柑橘《かんきつ》系の甘いシャンプーの香りが弾けた。

「お姉さまぁ、こ、こにょみ……はあぁ……か、感じすぎちゃってますぅっ！」

「私も！　こ、紺乃美……ああぁっ……私も、ご主人様に、お、お尻の穴ぁをほじられてしまって……はあぁン、か、感じて……おおぅ！」

佑一の体の上で行なわれる姉妹の蜜戯。瑠璃と紺乃美は少年の腹上で向き合っているから、乳房をいじくったり陰部へ指先を伸ばしたりして快感をむさぼる。二人ともブラをはだけて、マシュマロのような乳房をさらしていた。

「お姉さまぁ、すっかりここぐちょぐちょ。乳首かちこち……ご主人さまのおち×ぽみたい……んちゅ……ちゅ、ぺろぺろっ……！」

紺乃美は子猫のようにかわいらしい舌を伸ばして、姉の乳房や首筋をぺろぺろと舐めてくる。瑠璃のぽうっと火照《ほて》った柔肌に、なめくじが這ったような跡が淫靡《いんび》に輝く。

「はあああぁぁぁ！　ダメッ、だめ紺乃美。そんなに舐めたら、あん……か、感じちゃうぅ！　あああぁん……ご主人様の前で、ああ……やあぁうン……ッンンン！」

「こにょみも……ああぁ……ご主人さまのおち×ぽ、すごくって……はあぁ……こ、こにょみ、も、もぅ……お、おかしくなっちゃいそうぅですううっ！」

佑一は瑠璃のお尻を指先でいじくりまわしながら、紺乃美の肉唇を肉棒で激しく攪《かく》拌《はん》する。愛液がどんどん濃厚さを増していくにつれて、粘膜全体が発火しそうなほどに熱くなるのがわかった。

（うわ、なんてエッチなんだ……姉妹であんなに身体をこすり合わせて……ああ、瑠璃の大きなおっぱいが、紺乃美のちっちゃいおっぱいを食べてるみたいだよっ……）

二人の姉妹はお互いの身体をこすり合わせながら、溢れでる愛液を指先にからめ、お互いの膣粘膜にこすりつけ合う。ブルッブルッと断続的に痙攣《けいれん》を繰りかえしながら、果汁をびちゃびちゃとはしたなくにじませた。

「ご主人様……あうぅぅ……」

「碧⁉」

「はううぅ！　ご、ひゅじぃんさまぁ⁉」

佑一は驚きのあまり、瑠璃の尻穴をいじっていた指先を奥深くまでうずめてしまった。

顔をのぞかせた碧は、紺乃美の背後にまわる。背後から末妹の身体を抱きしめるようにして乳房、そしてぱっくりと佑一のペニスを咥《くわ》えている陰部を激しく摩擦する。

「はうあうあうぅぅ！　碧おねえちゃん!?　ヒッ、ひいっ……そんなことしたら……あぁ……こ、こにょみ、こにょみ、おかひくなっちゃううぅッ！」

「うぅ……私を一人のけものにした罰よ、紺乃美っ」

碧は紺乃美の首筋をぺろぺろと舐めながら、妹の敏感なところを荒々しくまさぐった。

「はうぅ……あン……だめえ、こ、こにょみ、感じちゃう！　感じちゃうのう！」

碧の荒々しい手の動きとは正反対に、指先はまるで鍵盤《けんばん》でも弾くかのような繊細さで紺乃美はその小さな身体を歓喜でいっぱいにくねくねと身悶えさせた。

「はうぅ、こ、こにょみ、も、もう……だめになっちゃいそうなのう！」

「紺乃美、イク時にはちゃんとイクって言うのよ……そうじゃないと、ご主人様にきらわれちゃうから」

膣肉がいっぱいに収縮し、佑一の海綿体を力いっぱいに食いしめる。

佑一の頭のなかでオレンジ色の火花がいくつも飛び散った。

射精衝動に火がつき、海綿体へ精液がどくんとなだれこむ。

少年はアナルへ挿入していた指を鉤《かぎ》状に折り曲げて、びくびくとひきつる瑠璃のアナル粘膜を思いっきり抉《えぐ》った。

「ふあぁぁぁぁぁ!! ご、ご主人様……い、イキます! ふわぁぁぁぁ、イッちゃいますぅ……イクイっくううううぅぅぅぅッ」

メイド長は美貌を恍惚《こうこつ》に染めあげ、生汗を絞った。そして佑一の指先を排泄《はいせつ》穴で根元まで受けとめた瑠璃が髪の毛を波打たせ、イルカのようにしなやかな身体を反りかえらせた。

括約筋がねじりこむように佑一の指を圧迫する。

「うぅ、も、もう……で、出るッ……くっはぁぁぁぁぁぁぁぁ!」

指が激しく排泄粘膜の収縮に巻き取られると、佑一はひときわ力強い打ちこみを、紺乃美の膣に与えた。亀頭から血が噴きだしそうなぐらい膨張していた。

少し硬くなったグミのような感触の子宮口が、亀頭を押しかえすようにうごめき、佑一は「はぁぁぁぁあッ」と激しいオルガスムスに吼《ほ》える。

瞬間、少年は紺乃美のヴァギナめがけ、己《おのれ》の欲望を炸裂させる。

「ご主人さまぁぁぁぁ、こにょみも……イク……こにょみもぉ、イッちゃううぅの……んんっ、はぁぁぁぁぁぁぁぁぁぁぁぁぁぁぁぁぁぁぁ……!」

爆発した精液は、少女の胎内から瞬く間に溢れて、熱い体液が佑一の体にもかかった。

「さあ、三人ともっ。しっかり俺にお尻を向けるんだ」

佑一は絶頂の余韻覚めやらぬなか、勃起をたくましくさせたまま言った。

佑一は主人口調でメイドたちのお尻をじっくりと眺める。

三人はスカートをまくりあげ、真珠のように一点の曇《くも》りもなく、まぶしい尻肉をさらす。右から、碧、瑠璃、紺乃美という順番だ。

ショーツはすでに取り払われているから、三姉妹の個性豊かで淫らな秘唇、アナルのひくつきが手に取るようにわかった。

（うわ、三人とも俺の言うこと、ちゃんと聞いてくれてる……）

今まで積極的にご主人様としての振る舞いをしてこなかった佑一だが、いざためしにやってみると、背筋がぞくぞくするほどの興奮がこみあげてくる。

（うわ、なんだこの感覚。すごく気持ちいい……。なんだか、すごい優越感だ）

まるで自分が世界一の権力を手に入れ、物事を自由自在に動かす王にでもなったかのようだ。そう思うと、妙に体に力が入った。

「こら、碧。お尻、さがってきてるぞ」

佑一が碧のツンと上向きの尻肉を優しくはたけば、ぱちんと軽快な音がした。汗をかいた臀肌のぷるんと瑞々《みずみず》しい感触が手のひらいっぱいに吸いつく。

少女は「きゃうん！」とまるで子犬のような声をあげ、あらためてお尻を突きだす。

「ご、ご主人様……はあ……こ、こんな恥ずかしい格好、やめさせてください。これではあんまりですからっ」

「これも奉仕の一環だぞ、瑠璃。無駄口を叩くなっ」

佑一はできるだけ肉づきのよさそうな尻たぶのあたりをぱちんと叩く。

「あぁっンッ」

小気味のいい音がする分、それほど痛くないはずだ。

「……申しわけありません、ご主人様ぁ……」

瑠璃も身体を硬直させながら、お尻を叩かれることを甘受する。佑一の手のひらに叩かれるたび、尻たぶは上下にたぷつき、汗香を色濃くにじませた。

瑠璃の声は完全にはいやがっているようには思えないほど淫靡《いんび》で、艶やかだった。

「それにしても本当に三人ともお尻が綺麗だね」

佑一は碧と紺乃美のお尻をぺたぺたとさわった。

「はうぅ……ご、ご主人さまぁ……ひぃん……こにょみのお尻、なでなでするのいやらしいですう」

「あぁ……ご、ご主人様っ……さ、さわるなら……さわるなら、私だけにしてよっ」

碧のしなやかな身体はお尻を撫でるたびに、身体の奥からこみあげてくるなにかに耐えるようにぴくぴくと震えた。手のひらを弾く弾力を持ちながら、汗でぬらついた尻肉は子猫が身体をすり寄せてくるように、佑一の手へ吸いつく。それにとてもすべすべだ。

「よし、三人とも。今から俺のことは『ご主人様』じゃなくて、昔みたいに呼んでくれよ。これはご主人様からの命令だぞ」

「ご、ご主人様の命令でしたら、し、従います……お、お兄様っ」

「あぁ……に、にい……さん……ああんっ……なんだか、て、照れる……」

「お兄ちゃぁんって呼んでいいんだ、やったあ！」

三人の声はまんざらでもなさそうだ。

しかし碧なんて耳まで真っ赤っか。こうしていざ、大々的に佑一のことを昔のように呼ぶのはやっぱり気恥ずかしいのだろう。現に、いつかお酒で酔った時に言われた時とは違う真摯《しんし》さに背筋が粟立った。

「そ、それじゃあ一番色っぽくアピールできた子に、俺のち×ぽをあげるからな」

「あ、アピール!?　そ、そんな……こと」できるわけがない、と碧は口を尖《とが》らせた。

しかし瑠璃と紺乃美は目をきらきらとさせる。

瑠璃はさっきまでお尻の穴を散々刺激されていただけに積極的に反応した。

「お、お兄様……はあぁ……わ、たし……さっきからむずむずして、我慢できないの……お兄様が、お兄様が悪いんですよ。私のお尻、いっぱい刺激したから！」

彼女は声の調子に幼さを混ぜ合わせながら、ひくつく排泄《はいせつ》粘膜を見せるようにアナルをひろげてみせる。指が穴にいざ触れると菊皺がきゅうとすぼんで、いやらしくひくつく。

「こにょみも、欲しいのう……お兄ちゃぁん、見てえ……こにょみのおま×こ、お兄ちゃんのえっちなお汁でいっぱぃ！」

紺乃美は幼さの残りながらも、たっぷりと精液を襞肉にからめた膣口をさらす。指でひろげると、ザクロのように充血した襞肉の合間合間にさっき出した濃厚な精液がからみつき、ジェルのような半固形のスペルマがどぽどぽとしたたった。

「え、あぁっ！　だめ、二人ともだめえ！　私…………に、兄さんッ！　兄さんは私が好き、だってて っ……！」

碧もお尻をぷりぷりと振りながら秘裂を指先でなぞり、本気汁を泡立たせる。

佑一は三姉妹の艶のある競争を前にして背筋をぞくぞくさせた。妹同然の少女たちからの真剣な眼差しを浴びれば、高ぶりの曲線は急上昇を遂げる。

「お兄様の大きいもの、欲しいです！」

「お兄ちゃんっ……！」

「に、にぃ、兄さんっ」

くちゅくちゅと秘所を指先でかきまわして、アピールをする美人三姉妹。佑一の脳裏で彼女たちが幼い頃、自分を慕い、小さな手で、少年の手をぐいぐいと引っ張っていた姿が重なる。まるで自分がいけないことをしているような、背徳感が体のなかを駆けまわり、さらに肉根はエレクトの具合を強くした。

「よし、決めたぞ！　瑠璃のお尻の穴に入れてやる！」

佑一はたくましい勃起を、さっきの指いじりで腸液と愛液だらけでべとべとになっている尻穴へと押しつけた。

「あぁぁ……私を選んでくれたっ……お、お兄様……う、うれしいっ！」

瑠璃は胸に迫ってくる佑一のたくましく、しなやかな肉竿を直腸口ごしに感じて震えていた。尻たぶから内腿のあたりがすぐに真っ赤に火照《ほて》る。

「そ、そんな、兄さん！　わ、私のこと、好きじゃないのっ」

「こ、こにょみのこと、きらいぃっ？」

二人とも勃起を受け入れるための準備は整いすぎるほど整って、すっかり内膜が充血している肉裂を、湧き水のように染みだしてとまらない愛液でぬらつかせていた。

「ごめん。でも今は瑠璃だから！　その代わり二人にもちゃんとしてあげるからっ」

佑一は碧と紺乃美の襞肉へ薬指を、そして親指をアナルへと食いこませた。

「んはあぁぁ……に、兄さん……ッ！」

「お兄ちゃんの指……こにょみ、気持ちぃいーっ！」

二人は熱く爛《ただ》れた粘膜をほじくるように突き進んでくる指先の圧迫感に目を剝きながら、「はうぅぅ」と甘い吐息《といき》を絞りだす。たしかに指は佑一のたくましいものと比べれば頼りないが、佑一の肉体を身体に受けとめていると考えるだけで全身が昂揚し、快感が湧きだしてきた。

「あぁぁん……お、お兄様っ……うぅン……ちょうだい……ああ、も、もうぅ……私、我慢できなくなっちゃうぅ……！」

瑠璃は、佑一の指を挿入されて悦に入っている二人の妹たちを横目にしながら、アナルへ押しつけられたまま挿入されない佑一の勃起を欲した。メイド長の直腸粘膜はそこが排泄するための場所であることが信じられないほどに熱くひきつり、腸液をどろどろとたれ流す。

「よし、今、入れてやるからなっ！」

佑一の声と同時に、粘膜が割り開かれる衝撃が脳天にまで響いた。

「はあぁぁぁぁ、お、お兄さまぁぁぁぁあああああん!!」

腰椎がびりびりと痺れて、少年のペニスのあまりの硬さと熱さに全身の血液が一瞬にして沸騰してしまうかと思うくらい。

「お、お兄様の……あぁぁっ……ふ、太くて……うぅン……！」

内臓を押しあげるたくましい圧迫感に、言葉が消え入りそうなぐらい小さくなる。しかし最初は苦しかっただけのこの身を揉むような圧迫感も、今は悦びを感じさせてくれる極上のエッセンスになっていた。

「うむ……いぃ……あぁぁ……ンッ……気持ちいいっ……あぁぁぁはん！」

佑一によってほぐされた腸穴は、少年のペニスの形に変えられたように、ぱっくりと肉棒を呑みこんだ。どろどろと腸汁が横溢する。粘膜はぐにゃぐにゃとうごめいて、少年の海綿体を激しく絞った。少年のうめきを聞きながら、瑠璃は激しく身体を波打たせる。

灼熱が身体のなかでうごめくのを意識するだけで全身で快感が爆発した。

「うぅ……す、すっかり、瑠璃のお尻の穴、やわらかくとろけたな……はあああっ」

「だ、だってぇ……あぁ……お兄様が、お兄様が悪いんだもん……」

昔から慕い、そして初恋の相手でもある少年と今つながっている。それを実感するだけで、声は甘く、佑一相手では立派な姉であろうと気を張る必要がないことが、快感を増幅させる。

「えへへ……お姉ちゃん、まるで赤ちゃんになっちゃったみたいな声ですぅ」

「今の姉さんの顔、とってもだらしないぞ。うぅっ……お、お尻の穴ぱっくりひろがって……兄さんのをそのエッチ穴でぎゅうぎゅうって締めあげるんだから」

嫉妬《しっと》を覚えた碧と紺乃美の言葉に瑠璃は羞恥心をかきたてられ、それがさらなる快感を呼んだ。全身が鳥肌立ち、少年のペニスにからみついて食いしめてしまう。

「い、言わないでぇ……碧も、こ、紺乃美もぉ……そんない、言わないでぇ……はっきゃああああああぁぁぁっ！」

少年はなんの言葉もなく動きはじめる。

「おにいさま……っはあああぁぁ……かっはっ……おにいさまあああ……！」

入り口から奥深くまで引きずられるようにして挿入させられていたものが、いきなり外へまくられる快感に、全身の筋肉がひきつり、鈍い痛みが走った。しかし今の瑠璃にとってはそんな被虐的な衝撃まで快感だった。

「にい、さぁん！　指……ああぁ……指ぃ、いいのう！」

「お兄ちゃぁん……あああぁ……ッ」

同時に、左右の妹たちも肉穴へ入れられている指を動かされ、快感に喘ぎをこぼす。

顔を真っ赤にして、姉である瑠璃さえもどきっとしてしまうような女の顔をしながら。

その顔はアカデミーでメイドとして優等賞を受けた真面目な二人の姿はなかった。

（私も……私も、そう。エッチで……ああぁ……メイドなのに……ご主人様に、奉仕せずに、してもらって……ああぁ……！）

メイド長としてしっかりしなければいけないという心もなにもかもどうでもよくなる。アナルを義兄に奪われる悦びはメイドとして受けた高潔な精神までとろけさせた。

（私たち、姉妹……もう、お兄様の虜《とりこ》だようっ。私たち今、お兄様の義妹なのに……こ、こんなにすごく乱れちゃって……お兄様のでよがらされちゃうなんてぇ！）

薄い粘膜ごしの排泄孔を激しい摩擦にさらされて、子宮まで痛いぐらいにきゅんきゅんと高鳴る。熱い蜜液が太腿をなぞり、じっとりと柔肌を疼かせる感覚も鮮やかだ。

少年を慕う心や想いもなにもかも、粘膜を攪拌《かくはん》される大きな流れに巻きこまれ、少女の胸は灼けるような幸福感でいっぱいになる。

少女は恍惚《こうこつ》に表情をゆるませた。


つるつるの粘膜は少年のペニスをしゃぶり、熱い腸液を吐きかけてきた。指を食いしめてくる碧と紺乃美の括約筋もぎちぎちときつくなってくる。

（すごい……くうぅぅ……も、もうダメだ……）

少年は睾丸《こうがん》が痙攣《けいれん》に近い震えを帯びて、尿道へ煮えたシチューのような精液がどくりと流れこむのを感じた。睾丸も痛いぐらいひきつっている。

「んはあぁ……お兄様、激しい！　あぁあン……だめえ、私、私のお尻、そんなにぐちゃぐちゃしたら……ああぁ……も、もぅ……いやあぁ！」

いつもは毅然とした態度のメイド長も全身を汗でびっちょりと濡らし、黒髪を波打たせた。その顔は理性と欲望の狭間で煩悶として、恍惚として神秘的ですらあった。

「かっ……くうううぅ……も、もぅッ、出る……ッ！」

伸縮のよくきいた腸粘膜に海綿体を絞られながら、佑一は最後の一息とばかりに腰を打ちつけた。汗でぬめった肌と肌とがぶつかり合う艶めかしい音が響いたかと思えば、少年はそのまま勢いよく吐精を遂げる。

「ダメ、お兄様……熱い……の、き、きたぁ……あああッ……イク……お兄様、私、い……イキますぅう……イクううううぅうううぅうううッ!!」

どくッ、どくッと精液を直腸へ吐きだされる衝撃に瑠璃は目を剝く。

その美しい白皙の喉を反りかえらせるメイド長は壮絶なオルガスムスを極め、そして彼女の身体は不規則な痙攣に襲われる。そして、その震えはアクメだけのものではなかった。

「お、おい……大丈夫か、瑠璃！」

「はあぁぁ!?」

心配した佑一がまだたくましいままの勃起を挿入した状態で、体をぐいっと近づけさせてくる。大きな亀頭とひろがったエラが絶頂に揺れる腸粘膜を引っかき、膀胱《ぼうこう》を摩擦した。

「あ、あぁぁ……い、いや……おにぃ……だめッ……お兄様……だ、だめぇ……！」

「姉さん、どうしたの!?」

「お姉ちゃんっ！」

心配する二人の妹たちに大丈夫だと笑ってみせる瑠璃。しかしどこかその表情はぎこちなかった。

「な、なんでもないから……碧、紺乃美……いや、見ないで……あああッ……も、もれちゃ……あ、あぁぁ……も、もぅ……だ、だめえっ」

瑠璃は腸肉へ精液をいっぱいにぶちまけられた衝撃で、膀胱《ぼうこう》を疼かせられ、ついに決壊させてしまう。

「いやあぁぁぁぁぁぁぁあ……！」

愛しい人と妹たちの前で犯してしまう失禁。溢れでた黄金水がびちゃびちゃと少年のシーツに吸いこまれていく。

むっとしたアンモニア臭を嗅ぐと、少女はあまりの羞恥で泣いてしまいたくなる。実際、羞恥心と排泄《はいせつ》したという淡い快感に痙攣《けいれん》した唇からはよがり泣きがこぼれた。

お漏らしという背徳感をともなう行為に、アクメが重なって少女は排泄の解放感を味わいながら、ブルッブルッと身をよじる。溶けたバターのような濃厚な甘美は身体のあちこちに滞留する。瑠璃の豊満な身体は陶酔に見るみるうちに真っ赤に灼けた。

「姉さん、お漏らししちゃうぐらい気持ちよかったんだ。もう、うらやましいっ」

「おねえちゃん……今の顔、とってもかわいかったよう」

失禁を遂げて脱力した姉を横目に、妹たちはさらなる嫉妬《しっと》をかきたてられているようだ。佑一は碧の後ろにまわりこむと、その太腿を抱きかかえた。

「ひあぁ……に、兄さん!?」

少女の身体はひくひくとひきつっている。指での戯《たわむ》れでは絶頂までいけなかった欲求不満の色がその瞳からはありありと読みとれた。

「さっきは指でごめんな。今度はちゃんと気持ちよくするからっ！」

佑一はたくましく隆起したペニスを、さっきまで親指を咥《くわ》えこませていた菊穴へと押し当てた。排泄粘膜はびっくりするぐらいに柔軟で、少年の逸物を包みこむように呑みこんでいく。背面座位で交わる少女の相が赤み走る。

「あぁ……兄さんッ！　あ、あぁ……きちゃう……はいって……兄さんが、はい、ってえぇ……はっきゃあああああぁぁぁっ！」

排泄《はいせつ》粘膜への重厚感のある衝撃に肉裂が圧迫されて、愛液がぴゅうとしぶいた。呑みこんだ瞬間、直腸粘膜が頬ずりするように佑一の勃起にからみつく。最早そこに排泄孔という禁忌の場所という意識はなく、抵抗感もなにもなかった。

ただし、それは入り口だけ。

一度粘膜内に入りきってしまえば、佑一のたくましい逸物を歓迎して、つるつるの直腸粘膜が熱い汁を吐きかけながら吸いついて揉み絞ってくる。

「碧の、お、お尻の穴……すげえ、し、締まってぇ！」

「あ、あぁ……そんな、あぁぁ……は、はぃ……兄さん！　私のお尻の穴……に、兄さんにすっかり……か、かえ……変えられて……あうぅンンンンン……ッ」

排泄粘膜は緊張と弛緩の波が繰りかえし来ているように微痙攣《びけいれん》して、急速に収縮して佑一の男根を圧搾した。

「……碧、今もしかしてイッちゃったのか？」

「はあぁ……ぃ……ご、ごめんなさい、に、兄さん……っ」

碧は瞳を潤ませ、「ひいッ、ひッ」と息を何度も吐きだしながら爪先を丸めていた。

「これからもっと気持ちよくしてあげるからな」

佑一は少女の足を自分の足に乗せた状態で大開脚させ、乳房を後ろ側から揉みしだく。ぷりぷりとした乳房は汗を吸ってより粘着質に手のひらにからみついてきた。

「あぁ……碧おねえちゃんだけずるーいっ！」

「……もう、お兄様、すぐ碧のところにいっちゃうんだからっ」

瑠璃と紺乃美が顔をのぞかせ、交わり合う二人を見つける。

「あ、いや……ち、違うの……これは、あぁぁ……兄さん……にいさんがっ」

碧は背後から乳房を揉まれる感触に、身をよがらせた。

「問答無用!!」

弁解しようとする碧の言葉をさえぎり、瑠璃はあらわにした乳房を碧のぷりぷりの乳房へ押しつけてくる。ちょうど、佑一によって絞りだされているところで、乳首同士がからみ合い、碧は電撃に打たれるような刺激に背中を反りかえらせた。

「ひゃあぁぁ……ンンン!?」

碧は乳房の刺激に身体を強《こわ》ばらせながら、さらに唇に吸いついてくる姉に目を剝く。

「んちゅぅ……あおぃ……うぅン……チュパッ……ちゅる……んく……クチュッ……んふぅ……うぅ……」

瑠璃は、碧の唇を割ってぬめぬめした舌をすべりこませてくる。メイド長の甘酸っぱい唾液が口いっぱいにひろがり、理性が艶めかしくとろけてしまう。

姉の獣のような野性的な口づけに頭のなかが一瞬真っ白になった。

「碧おねえちゃんのあそこ……いっぱいひくひくしてますう……ン、ンチュ……」

一方大きく開脚されて丸見えの股間の秘裂へ、舌を伸ばす紺乃美。ちろちろと猫が水を飲むように、末妹がゆったりとしたストロークで刺激してくる。愛液がすすられるたび、子宮が熱く弾け、襞肉が妖しくうごめいてしまう。

「んっはあぁ……やめ……ひゃめへ……こ、こひょみぃ……ンンンッ！」

（だ、だめ……こんなのき、気持ちよすぎちゃうっ……）

姉とのディープキスをしながら、乳房をこすりつけられる。さらに紺乃美に肉裂を舐められ、すぐ裏から佑一のペニスで直腸を削られた。

「んひゃぁ……に、にぃひゃぁん……ああ、はげ、はげひぃ……！」

お尻を力いっぱい抉《えぐ》られ、そして引っ張りだされる。紺乃美の舌の動きと合わさって、双穴からいっぺんに排泄《はいせつ》が押し寄せてきた。

（こんな、こんなのダメッ……し、死んじゃう……気持ちよすぎて死んじゃうっ！）

碧は今にも気が狂ってしまいそうな快感に全身をのたうたせながら、本気汁を溢れさせる。紺乃美の舌はやわらかく、愛液をすすられる時の排泄感に何度も身体は緊張した。

「んちゅ……はぁ……ね、姉さん……こ、このままじゃ、私……イッちゃう……気持ちよすぎて……おかしくなっちゃいそうぅ……ッ」

ディープキスから解放された碧は息を切らしながらうめく。全身が熱く火照り、ひっきりなしにこみあげてくる悦びに完全に翻弄されていた。

「いいのよ、イッちゃって。お兄様のおひんぽで、イクなんて絶対許さないんだから……んふぅぅ!?」

「ほうでふう！　お兄ちゃんはみんなのおにいひゃんなんだから……ンチュルル……チユパッ……ぇろぇろっ……ひゃぁうん！」

瑠璃と紺乃美は素《す》っ頓狂《とんきょう》な声をあげ、それとともに碧への責めが急激に萎えた。

（え、なに……ど、どうしたの……？）

いぶかしんでみると、いつの間にか碧の乳房から離れた佑一の手が瑠璃の腸穴、紺乃美の秘裂へと伸びて、端から見れば乱暴なぐらいの強さでかき混ぜていたのだ。

「あっ……ひゃぁっ……あぁぁ、お兄様……だめぇ！　さっきの……精液ごと、お尻の穴、混ぜたら、っひいいいぃいぃッ」

「お兄ちゃん……ひぃぃっ……こにょみ、ああん……気持ちいい……うぅぅンッ！」

三姉妹からは水飴《みずあめ》のようなジェル状の愛液がひっきりなしに溢れ、佑一のベッドはすごい惨状だ。

「碧……！」

「ど、どうしたの兄さ――ンフッアアァッ！」

佑一のそれまで腰だけを使ってしていたピストンが、いきなり全身を使って大きな波を呼び起こしはじめる。まるで佑一が碧のアナルへ体ごと入りこもうとするかのような熱烈で、濃密な交合。速度を増した抽送が肛肉を突きまわす。

碧は腸液と勃起とがからみ合う、毒のように身体をむしばむ快美に身を何度もよじ

り、汗を絞り、筋肉をひきつらせ、眉をハの字につめた。

「そんなはげひくされひゃら……兄さんッ……あああっ……にぃさんンン!!」

碧は瑠璃の乳房にぐいぐいと自分の双乳をすりつけて、涙を流してよがり、嗚咽《おえつ》をもらしつづける。

「あ……ひっ……あああぁ……ふうぁあ……!」

「碧ッ、も、もう俺……だ、ダメだッ……!」

佑一が悲鳴をあげるように甲高《かんだか》い声をあげたかと思うと、ひときわ激しい突きあげが腸粘膜を抉《えぐ》った。射精直前の亀頭のふくらみが粘膜をこそぎ、少女の背筋に甘美な波紋がいっぱいにひろがる。

「くうううわあああああぁぁぁッ!!」

佑一が咆吼《ほうこう》をあげると同時に、溶岩のような白濁が放出される。

「ああぁ、いっぱい、で、でてぇ……! イくうう……あぁぁ、兄さん、イキます。私ッ……も、もうダメええ……あああ、イクイクイク……きゃあぁッ！」

「お兄様ッ……あああぁ、ダメ、イク、またイッちゃう……あああ、あぁぁぁぁぁぁあぁぁ……！」

「お兄ちゃん、こにょみ……イク……イッちゃいます……こにょみ、だ、だめになっちゃううう……イクうッ！」

三姉妹はほとんど同時に身体を揉み絞り、秘裂から潮をしぶかせ、釣られた魚のようにびちびちと全身を痙攣《けいれん》させるのだった。


(俺、今日何回射精したんだ……?)

佑一はぼんやりとしながら、自分のベッドの上に寝転がっていた。

シーツはすっかり新しいものに替えられて、そして少年のそばには義妹たち。

あのあと、さらに何回かエッチして、それからここで寝ることにしたのだ。

温かく、やわらかな少女たちの肉感に触れながら佑一は自分の頬がゆるむのを禁じえなかった。

目は冴えわたって眠気は全然ない。カーテンからこぼれた月明かりに縁取られた少女たちの真珠のように淡い肌を見ていた。

「……どうしたの」

碧が猫のような大きな瞳をかすかに潤ませながら、少年を見た。

「ごめん、起こしたか?」

「ううん……目が、覚めたのよ」

佑一は瑠璃と紺乃美の眠っている姿を見て、少し声の音量をさげた。

「……碧、ひとつ訊きたいことがあるんだけど、いいか?」

「なに？」

碧が身体を少し動かして、佑一に身を寄せてきた。少し汗ばんだ裸体が少年の体に吸いつく。佑一は口もとをゆるませた。

「ずいぶんしおらしくなったんだな。今まではすぐ噛みついてきたのに」

「あ、あれは……だって……うぅ……」

碧は頬をほんのりと赤らめた。

佑一は、意気消沈する少女を励ますように明るい声を出す。

「ごめんごめん……。なあ、碧、どうしてお前、途中で俺のこと毛嫌いするようになったんだ？　最初はただ久しぶりで照れて、そのせいかと思ったけど……碧の様子を見てると、どうにもそういう気がしなくて」

「あ……そ、それは……その……」

「俺、てっきり碧に彼氏がいるのかと」

「い、いないわよ！　そんなの……うぅ……だって、私は……そ、の……ご主人様のことだけをずっと想ってきたんだから……っ」

佑一と碧は激しくエッチし合った仲とは思えないような純情ぶりで顔を赤らめた。

「……じゃあどうして？」

「部屋を、掃除してたら……その、見つけちゃって……」

「見つけた？　なにを？」

「……え、エッチな本。だから、その失望というか、なんというか……」

「な、そ、そんなことでか!?」

碧の双眸《そうぼう》がぎらんと輝き、がばっと身体を起こしてきた。

「そんなことって！　わ、私がどれだけびっくりして……そ、の……あんなもの……だって、小さい頃は……読んでなかった、から……だから……」

佑一は苦笑した。今まであれだけ嫌われていた理由がエッチな本だったとは。驚きながらも、碧らしい。

「ごめん。でももう心配ないから……だって、俺には碧が……いてくれる、だろ？」

「え？」

少年に手を握られた少女の顔が鮮やかに色を帯びる。耳まで真っ赤になった。

「碧が相手、してくれるんだろ？」

佑一は碧に言い含めるように、ひと言ひと言を噛みしめる。

「は、はうぅ……」

碧は顔を完熟トマトみたいに紅潮させながら、恥ずかしがってうつ向く。まるで猫が耳を折るかのよう。

「……なるほど、そういうわけで、碧はご主人様を嫌ってたのね」

佑一と碧は二人そろって「ひい」と小さな悲鳴をあげ、それからいち早く我にかえった碧が柳眉を逆立てた。

「な、姉さんたち！　うそ寝して、盗み聞きなんてひどいっ！」

「盗み聞きじゃなくて、目が覚めたら碧とご主人様がとーってもいい雰囲気だったから、そっとしておいてあげたの」

「はい、はーぃ！　こにょみもでーすぅっ！」

結局みんな目が覚めてしまったみたいだ。

「やっぱりにぎやかなのが一番だな」

佑一は三人を腕のなかに包みこんで、一人ひとり、記憶に留めるように、もっとその存在を感じたいかのように鼻をうずめて、ちょっと汗香の混ざったやわらかな匂いを鼻腔いっぱいに吸いこむ。

少女たちはむず痒そうに目を細めながら、母猫のお腹の上で丸くなる子猫みたいに身を寄せ合う。

「みんな、これからもメイドとしても、義妹としても…………恋人としても、よろしく頼むな」

エピローグ　義妹で、メイドで、恋人たち!?

「ただいま」

玄関ホールに声が響く。

月見佑一が鞄《かばん》を肩に引っかけながらそこでしばらく待っていると。
ト、ト、ト、ト、と軽快な足音が聞こえてきた。
「おかえりなさい、ご主人様っ！」

佑一の表情が心なしかゆるんだ。

メイド制服姿の碧が満面の笑みを浮かべて現われる。

「あ、あの……カバンを……ご、ご主人様っ」

佑一はどこか照れながら、碧へカバンを手渡す。

碧への告白から数日後。少女の態度はこれまでとは一変した。

朝は彼女からの「おはようございます」にはじまり、そして送り迎えの「いってらっしゃいませ」、帰宅時の「おかえりなさいませ」を聞けるのはとてもいい。

「それじゃご主人様、行きましょ」

「ちょっと待ちなさい、碧……あなたには仕事があるんだから。私が、ご主人様の荷物を運びますっ」

にっこりと笑顔のメイド長が現われる。佑一はその笑顔のあまりの完璧さにたじろいだ。と、明後日《あさって》の方向から明るい声がやってくる。

「ご主人さまあ！　お帰りなっさーぃ！」

ツインテールをふりふり紺乃美がぴょんぴょん跳ねながら飛びこんでくる。それを佑一が両腕で受けとめる。

「おかえりなさい、ご主人さまぁ、ちゅっ」

「ちょ、ちょっと紺乃美！　ご、ご主人様にいきなりキスって……そ、それはご主人様の彼女の、私の役目よ！」

碧と紺乃美はすぐに姉妹喧嘩の態勢に。

仲裁に入ろうとする佑一だが、そこをいち早く瑠璃に腕を取られてしまう。引き寄せられて、はちきれんばかりの乳房をぐいぐいと押しつけられた。トランポリンのような弾力感と、とろけるようなやわらかさの競演に佑一の頬は早くも赤くなる。

「さあ、ご主人様、お部屋に参りましょう。ふふーん、ふん……」

「姉さん、なに横からいきなり出てきて！」

「あああ、お姉ちゃんずるぅい！」

瑠璃の動きに気づいた二人が一直線に、佑一の元へと飛んでくる。

「うう、ちょ、ちょっとみんな……あわてるな……お、落ちつけってえ……っ！」

馥郁《ふくいく》とした香りに包まれながら、しかし少年の顔は声ほど困ってはいなかった。

(俺、もしかしてすごく幸せかも)

少年はメイドたちに揉まれながら、熱烈な奉仕に顔をほころばせるのだった。

（END）

美少女文庫
FRANCE SHOIN

メイドで、義妹《ぎまい》で、三《さん》姉妹《しまい》!?

著者／上原りょう（うえはら・りょう）
挿絵／すめらぎ琥珀（すめらぎ・こはく）
発行所／株式会社フランス書院
〒112-0004　東京都文京区後楽 1-4-14
電話（代表）03-3818-2681
（編集）03-3818-3118
URL http://www.bishojobunko.jp

印刷／誠宏印刷
製本／宮田製本

ISBN978-4-8296-5831-4 C0193

原稿大募集 新戦力求ム!

フランス書院美少女文庫では、今までにない「美少女小説」を募集しております。優秀な作品については、当社より文庫として刊行いたします。

◈応募規定◈

★応募資格
※プロ、アマを問いません。
※自作未発表作品に限らせていただきます。

★原稿枚数
※400字詰原稿用紙で200枚以上。
※フロッピーのみでの応募はお断りします。
必ず**プリントアウト**してください。

★応募原稿のスタイル
※パソコン、ワープロで応募の際、原稿用紙の形式にする必要はありません。
※原稿第1ページの前に、簡単なあらすじ、タイトル、氏名、住所、年齢、職業、電話番号、あればメールアドレス等を明記した別紙を添付し、原稿と一緒に綴じること。

★応募方法
※郵送に限ります。
※尚、応募原稿は返却いたしません。

◈宛先◈

〒112-0004　東京都文京区後楽1-4-14
株式会社フランス書院「美少女文庫・作品募集」係

◈問い合わせ先◈

TEL: 03-3818-3118
E-mail: edit@france.co.jp
フランス書院編集部